Nei Lisboa

É FOCH!

L&PM EDITORES

Capa: Marco Cena
Revisão: Larissa Roso

L769e Lisboa, Nei, 1959-
É foch! / Nei Tejera Lisboa. – Porto Alegre: L&PM, 2007.
120 p. ; 21 cm.
ISBN 978-85-254-1666-7
1.Literatura brasileira-crônicas. I.Título.

CDU 821.134.3(81)-94

Catalogação elaborada por Izabel A. Merlo, CRB 10/329.

Todos os direitos desta edição reservados a L&PM Editores
Rua Comendador Coruja 314, loja 9 – Floresta – 90220-180
Porto Alegre – RS – Brasil / Fone: 51.3225.5777 – Fax: 51.3221-5380

PEDIDOS & DEPTO. COMERCIAL: vendas@lpm.com.br
FALE CONOSCO: info@lpm.com.br
www.lpm.com.br

Impresso no Brasil
Primavera de 2007

Sumário

UM **7**
É Foch! 9
Um norte para a América 11
Nacional que vale ouro 13
A valca louca 15
11 de setembro 17
Direita, volver 19
Cama, mesa e urna 21
De volta para o futuro 23
Onde é que eu estava? 25
Tetas ocupadas 27
Machadadas 29
Coq au farofa 31
As feiras invisíveis 33
Se não fosse você 35
Rito de passagem 37
Autógrafos 39
Nexo, drogas e literatura 41
Fetiches e falsários 43

DOIS **45**
Feliz feriado novo 47
Interpretações bárbaras 49
Antes de nossos netos 51
Louca brincadeira 53
Orwell e a CIA 55
Triconomia 57
As cidades invisíveis 59
As memórias de Alexandre 61
Levando longe demais 63
Perguntem ao gato 65

Parece que foi ontem 67
A honra do Alabama 69
Muito além do jabá 71
Todos de presente 73
Olimpíadas 75
Um parágrafo, duas bananas 77
Amores caninos 79
De mentira 81
Já volto 83

TRÊS 85

Buraco de tatu 87
Malha fina 89
Parece mas não é 91
De cercas e cercos 93
Tríceps 95
Chances 97
Santa ingenuidade 99
As bruxas de Garanhus 101
Trocando as placas 103
Fazer chover 105
Milagre com data marcada 107
Campeões do não 109
Superdemônios 111
Anatomia de um bilhete 113

UM

Quando as primeiras páginas deste livro foram escritas, o iPod não existia e as torres gêmeas ainda estavam em pé. Beleza Americana despontava como filme favorito ao Oscar, Rivaldo era o melhor jogador de futebol do mundo e discutia-se no Brasil, governado por FHC, o projeto da Alca, zona de livre comércio para as Américas. Eu havia pouco me tornara colunista do jornal Extra Classe* *e, garimpando inspiração entre tais assuntos, dei com a notícia de que a marinha brasileira estava por adquirir um reluzente porta-aviões de segunda mão.*

Este é o simbólico ponto de partida, em fevereiro de 2000, para um apanhado cronológico de textos publicados ao longo dos seis anos seguintes. Uma plataforma que expõe ao leitor a evolução tanto dos acontecimentos quanto do cronista, se é que, deste e daqueles, posso afirmar que evoluíram. Mais ainda, que angaria lembranças de uma década em pleno curso mas cujo início remonta tecnicamente a outro milênio, incompatível com nossos chips 2.0 de memória.

Torna-se portanto indispensável uma pontuação esclarecedora, constante nas datas de publicação e eventual em alertar, como já o faço, que se vai falar de Le Pen e de José Serra como protagonistas não de eleições recentes, mas de 2002, tanto aqui como na França. E que, no ano seguinte, se vai divagar sobre a Feira do Livro de Porto Alegre e arengas particulares àquela edição, em série escrita a convite da Zero Hora. *Que se vai mencionar vacas loucas, febres aftosas e CPIs esquecidas, e que mesmo a emoção da paternidade, a me descobrir alegremente pelo caminho, já deixou de ser fresca há bom tempo.*

---

* Publicação mensal do Sindicato dos Professores do Ensino Privado do Rio Grande do Sul – SINPRO.

Mas não será preciso recorrer a glossários ou arquivos históricos, nem se deve subestimar a permanência e pertinência de certos temas. Na verdade, ao crer que progridem as páginas, os anos e os seres humanos, sabe-se também que aprenderam a recontar e reescrever, tantas vezes quanto preciso, o enredo que lhes coube. Veja-se a saga, de marechal a apóstolo, do velho Foch, rebatizado São Paulo e hoje estrela maior da nossa frota. Ou tome-se o caso do povo brasileiro e sua intrépida felicidade, por mais que a miséria bata à porta todos os dias. Há quem lhe acuse o sorriso de leviano, mas quem sabe surpreenda saber, no futuro, que estava só antecipando a hora e o gozo de construir para si um grande país.

É Foch!

Deu no jornal: a França confirma o interesse brasileiro no porta-aviões Foch – em serviço desde 1963 – e avisa que, se não for o Brasil a comprá-lo, o navio será transformado em museu. Fantástica notícia. Fica claro que a gloriosa armada nacional decidiu investir pesado em cultura, arrematando um museu francês inteiro e sequer inaugurado. O Louvre, próximo passo, vai ser barganha fácil, haja vista a velharia obsoleta ali exposta.

Também é possível que o Foch venha a cumprir aqui seus últimos anos de vida útil, abrigando no convés os vinte caças Skyhawk que compramos do Kwait em 1998, com um passado no mínimo intrigante. Originalmente projetados para uso em porta-aviões, haviam sido adaptados para pouso em terra por solicitação do Kwait à norte-americana Douglas, ainda nos anos 70. Como a marinha brasileira os queria para o porta-aviões Minas Gerais, tiveram de ser readaptados ao desenho original, décadas depois do modelo sair de linha e com a Douglas já tendo fechado as portas, absorvida pela Boeing. Na época da compra, foram assim avalizados pelo especialista militar inglês Ken Petrie: "Não sei bem quem são os inimigos do Brasil, mas esses aviões podem ser úteis no combate ao tráfico de drogas".

Às vezes também fica difícil saber quem são os amigos do Brasil, e mais difícil ainda é imaginar um porta-aviões embrenhado em plena selva amazônica, combatendo o narcotráfico na fronteira com a Colômbia. O Minas Gerais, comprado por JK em 1956 e agora ameaçado de aposentadoria pelo Foch, ao que se sabe só entrou em ação para colocar Porto Alegre sob ameaça de ataque, ancorado ao largo da costa durante a campanha da Legalidade. Desde cedo foi chacoteado na música de Juca Chaves, trazendo o seu valor em cruzeiros bem à vista: “Brasil já vai à guerra / comprou porta-aviões / um viva pra Inglaterra / de oitenta e dois bilhões / mas que ladrões”.

Tudo isso, no entanto, é café pequeno perto da construção do primeiro submarino nuclear brasileiro, projeto sem prazo nem orçamento definidos que já consumiu 700 milhões de dólares antes mesmo de sair da prancheta. Menina dos olhos do almirantado, que ninguém ouse questionar o sigilo em torno da empreitada e muito menos a utilidade de um submarino nuclear para o país. A segurança nacional em primeiro lugar, marujo. Nunca se sabe o que esses índios do Equador vão aprontar em seguida. Isso sem falar nos argentinos. Isso sem falar nos brasileiros. Talvez o submarino ajude a combater o narcotráfico nas favelas do Rio de Janeiro.

A França é o país mais amigo de nosso presidente, então não vamos brigar por causa de alguns trocados – que venha o porta-aviões Foch, ora bolas. Agora que encaminhamos de forma definitiva as questões estruturais da economia e todos os índices do governo passaram a ser positivos, é hora de se ter um convés grande o bastante para a corte bailar seu carnaval. E o marketing de lançamento já está pronto, é só botar na frente da câmera um desses insistentes miseráveis sem teto, sem emprego, sem dentes – que passam a vida a ver navios – e perguntar pra ele se viver no Brasil é ouro, prata ou bronze. Pode crer que ele responde: é foch.

Extra Classe, fevereiro de 2000

Um norte para a América

Boa parte da crítica brasileira rotulou o filme Beleza Americana como caricatural e concessivo a Hollywood, na abordagem de um tema que outros recentes filmes teriam tratado com maior coragem. Posso estar redondamente enganado – depois de anos emburrecendo com os Telecines a gente fica em dúvida se viu um grande filme ou se a tela é que era grande –, mas saí maravilhado do cinema e, como ainda não encontrei fundamentação que me fizesse mudar de idéia, vou arriscar uma defesa.

Dizer de Beleza Americana que é recheado de clichês e caricaturas é dizer da primeira e óbvia intenção do filme, qual seja, trabalhar o estereótipo familiar suburbano da sociedade norte-americana. Os personagens são reduções que fogem à verossimilhança e ao mesmo tempo dela não se livram – o ideal americano é mesmo feito de personagens mal-acabados. É certo que não há muito de original em desnudar a solidão, a frustração e outras mazelas humanas maquiadas pelo controle social. Mas o filme não fica nisso, apenas parte disso para colocar essas máscaras já borradas em imprevisível confronto com um vírus do desejo à solta, Lester Burnham, o personagem de Kevin Spacey.

Não assisti Felicidade, que dizem ser a versão original e mais contundente da mesma história. Pode ser, então. Beleza Americana parece mesmo estar pagando tributos ao cinema independente americano no vídeo-olhar do personagem Ricky, que nos apresenta boa parte da história, e no seu ideal de beleza – a cena de um saco plástico esvoaçante, extraída de um curta de vanguarda nova-iorquino. Mas onde poderia extrapolar nos desajustes, onde poderia facilmente evoluir para um banho de sangue e amoralidades banais, o filme evita o estafante discurso do sintoma e vai além.

O ápice da história, que tanto alivia quanto incomoda, é a cena em que Lester Burnham não come a gostosa amiga de sua filha. E não come porque algo, surpreendentemente, lhe desperta o afeto. Lester Burnham parece não dar a mínima para nada, não se importa em ser traído pela esposa e acredita-se que comeria a amiguinha da filha, virgem ou não, com o maior prazer. De fato, não é propriamente a confissão de virgindade que o detém. É, sim, o patético motivo dessa confissão, onde a adolescente diz temer pela avaliação do seu (dela) desempenho.

Surge ali a percepção da voracidade humana em ser objeto do reconhecimento, da afeição do outro, como ainda maior que a de ser sujeito da libido. Lester Burnham não é bonzinho, não se redime de nada naquele momento, apenas constrói para si um contorno moral em nome do afeto (da filha) porque este lhe é indispensável, e é este afeto que o filme quer mostrar como o limite possível a deter (e conter) o desejo. É com essa percepção viva que o personagem é assassinado. Algo nele escrito, então – e inscrito com maestria por Kevin Spacey –, sobrevive a narrar em off a própria e longa morte observando, irônico, "you will know".

Beleza Americana é obviamente um filme sedutor para uma América que há tempos insinua questionar-se, sente falta de quem a narre, choraminga sobre si próprio com um revólver escondido nas costas. Mas tenho dúvidas se a academia sabe o que e por que premiou. O olhar do diretor inglês Sam Mendes exala compaixão (e quem haveria de negá-la?) sem complacência e faz a diferença. A América que sempre se deu o direito de ser chamada assim, sem sobrenome, apenas América, parece estar sentindo falta – veja só – de um norte.

Extra Classe, abril de 2000

Nacional que vale ouro

Passaporte brasileiro, aprendi recentemente, vale ouro. Não exatamente como imunidade ou salvaguarda no caso de alguma encrenca internacional, não. Num caso desses, como bem se imagina, estaria melhor quem apresentasse um passaporte norte-americano ou canadense, ou ainda de qualquer país da Comunidade Européia. Mas o brasileiro vale, sim, um bom dinheiro, cerca de dois mil dólares, segundo me informaram, para quem desejar vendê-lo – e arcar com os conseqüentes riscos, é claro – nos mercados negros de Londres ou de Paris.

Como se explica isso? Pelo simples fato de que somos uma nação de muitas culturas, o paraíso da miscigenação, desde as várias raças que nos formaram aos povos imigrantes há bom tempo já estabelecidos, integrados e aculturados. Para alguém que pretende se utilizar de (ou repassar) um passaporte falso, nada mais cômodo. Um turco, um oriental, um negro senegalês, um branco caucasiano, nenhum deles há de causar maior estranhamento ao apresentar credenciais brasileiras. Já um passaporte sueco despertaria desconfiança imediata nas mãos de alguém que não fosse alto, loiro e se chamasse Sven Völvfst ou coisa parecida.

Bacana, não? Podemos então festejar, por essas linhas tortas, uma alta cotação da nossa nacionalidade. E ficamos por aí. Nada que chegue a afetar a empáfia com que seremos tratados no dia-a-dia pela maioria dos europeus. Nada pessoal, também, que a todos os estrangeiros do terceiro mundo está reservado o mesmo muxoxo e café frio. Turista vem de cima da linha do Equador, e olhe lá. O resto é imigrante em potencial.

E a questão da imigração pega fogo, não é de hoje, por todo o mundo. Nos Estados Unidos, a Califórnia está prestes a se tornar o primeiro estado continental (o Havaí fora) onde os negros, os imigrantes latinos e os orientais vão somar mais de 50% da população. Imagine-se o pavor que projetam para o futuro as tradicionais comunidades saxônicas e protestantes, cientes de que essa porcentagem dobrou nos últimos trinta anos e sem disposição para parir uma resposta à altura.

Não há de ser diferente esse sentimento de impotência em todos os países da Comunidade Européia, seja em maior ou menor grau, do neonazismo declarado na Áustria ao muxoxo francês atenuado pelas vitórias futebolísticas de uma seleção plurirracial. E é claro que concedem algo, que se perguntam quem iria limpar as latrinas, dirigir os ônibus e cuidar das crianças se mandassem os estrangeiros todos embora.

Sem solução fácil ou de curto prazo, o problema parece sugerir dois caminhos: primeiro, o de que a partir de agora os tios sams da vida tomem mais cuidados na hora de contribuir para a marginalização das populações dos seus quintais, ou seja, do resto do mundo todo. Segundo, no estilo relaxar e gozar, talvez seja hora de compreenderem melhor o modelo brasileiro de nacionalidade, que, por mais hipocrisia, sinhazinha e exclusão que carregue, é de longe um primeiro mundo em matéria de convivência multicultural.

Problema deles, então. O nosso é cuidar que essa alegre diversidade seja parceira de justiça e riqueza também compartilhadas. Entre outras coisas, para que ninguém mais precise vender seu passaporte.

Extra Classe, agosto de 2000

A valca louca

Free Trade Area for the Americas, ou FTAA, é como se chama em inglês o que para nós é a Alca, Área de Livre Comércio das Américas. Mas é curioso pensar que bem poderia se chamar Afta, já que deriva diretamente do Nafta, acordo de comércio restrito à América do Norte. Seria então apropriadamente "aftosa" a discussão sobre o assunto, ardente e febril, na qual não falta quem diga que tudo se resume a pimenta virar refresco no nosso, como sempre e mais uma vez.

Vivemos a última década sob o signo da abertura de mercados, das privatizações e de todo o receituário neoliberal ao mesmo tempo em que, estranha coincidência, assistia-se a uma expansão inédita da economia norte-americana e à estagnação brasileira, para não falar na falência argentina. Fica difícil acreditar que a radicalização desse processo venha a nos favorecer de alguma forma. E se entendi bem o que está sendo proposto até agora, então melhor mesmo é entregar a chave de casa pro bandido e relaxar.

De cara, a primeira etapa prevista da implantação do acordo retira a autonomia dos países sobre as suas políticas comerciais, industrias e tecnológicas – ressalvado, é claro, o caso dos Estados Unidos, onde as leis comercias proíbem textualmente serem sobrepujadas por acordos externos. Em seguida, caem as barreiras tarifárias, recurso protecionista tipicamente brasileiro, mas permanecem valendo as não-tarifárias, as leis antidumping, todos os outros recursos dos quais o Norte costuma lançar mão – exemplo recente foi o bloqueio canadense à carne brasileira.

A maior das pérolas é a cláusula que possibilita às coorporações processarem os Estados. A Ford, por exemplo, se entender que alguma legislação trabalhista brasileira fere o seu direito sagrado ao lucro e ao livre-empreendimento, pode processar o Estado brasileiro e exigir ressarcimento, imagino eu que uma metade do Tocantins ou o trecho do litoral entre Búzios e Porto Seguro. Em contrapartida, não há absolutamente nada previsto sobre direito dos trabalhadores e outros detalhes do gênero. É de se perguntar também onde ficaria o foro competente para dirimir tais controvérsias e a quais pressões estaria submetido.

Nosso grande irmão do Norte pode ser acusado de muitas coisas, com uma honrosa exceção: nunca lhe faltou cara-de-pau. Responsável por um quarto da emissão global de gases na atmosfera, o país dos Bushes não faz muito negou-se a ratificar o tratado de redução que tenta evitar o catastrófico aquecimento do planeta previsto para as próximas décadas. Mas não falta, no seu discurso sobre a Alca, uma referência à questão ambiental que cheira – e como cheira – ao velho olhar ganancioso ianque sobre a Amazônia. Como alguém já disse, a vaca (a valca?), se não é, ao menos se faz de louca pra passar bem.

Extra Classe, maio de 2001

11 de setembro

Que fase, a deste mundinho, terrores e imagens pra não se esquecer tão cedo. Os sinais de que algo assim estava por acontecer eram bastante evidentes, a tensão entre a riqueza e a miséria, entre o poder e o abandono, havia atingido limites insuportáveis. Mas eu sinceramente acreditava que o caminho da razão, do diálogo, fosse ganhar a frente e impedir os alucinados do planeta de encaminhar nossas vidas para mais um século de violento apartheid humano. Agora é sacudir a poeira e lutar para reverter esse quadro, o que não há de ser nada fácil.

Tudo o que de pior pode nos oferecer o arsenal de insensatez dos Bushes dessa vida, dos guardiões do Império, será agora justificado e respaldado por uma maciça indignação popular no primeiro mundo, pela ausência de um direito internacional efetivo, pela solidariedade aterrorizada dos países ricos ocidentais, de seus aliados e até de alguns notórios desafetos. E o que se pode esperar do outro lado, de insanos fundamentalistas suicidas, se não que reeditem seus ataques? O mundo islâmico, um quarto da população do planeta, sentir-se-á na prática acuado e atacado, por mais que a retórica o poupe, então não é difícil de imaginar que uns tantos troquem o estudo do Alcorão por um curso de pilotagem aérea. Também não falta, mundo afora, quem endosse de forma indireta a tese do Grande Satã, dizendo que os norte americanos tiveram o que mereciam, que estavam pedindo, etc. Aliás, é o que mais se ouve por aqui, junto com piadinhas trágicas que o bom humor do brasileiro absolve. Mas convém revisar essa tese, em especial àqueles que moram em andares altos.

O que aconteceu em Nova York é na verdade, simplesmente e sem ressalvas, o horror. E é de se lamentar também a hora, justamente quando movimentos internacionais de contestação tentam se organizar, procurando agir dentro de uma atmosfera de pressão legítima e pacífica, de discussões sobre a globalização, sobre a questão racial, de construção de um consenso sobre a indispensável correção de rumo nos caminhos da humanidade. Com certeza essas manifestações passarão a ser rotuladas na mesma prateleira do terror e violentamente reprimidas. Numa hora como essa, o próximo Fórum Social, em Porto Alegre, pode ser o espaço certo para que o bom senso volte à ordem do dia, se conseguir manter-se desintoxicado de antiamericanismos caricatos – e de agentes do FBI.

Extra Classe, outubro de 2001

Direita, volver

O Le Pen deve perder a eleição do dia 5, na França, mas o fato de ter chegado ao segundo turno já assusta e é mais um sintoma da guinada à direita a que assistimos nos últimos tempos. Direita, aliás, que pode-se dizer nunca deixou de comandar a cena, se tomarmos a palavra como representação da intolerância predatória dos donos do arsenal bélico e da riqueza desse mundo. Mutante esperta, quando a economia vai bem e a insatisfação popular é minimizada, permite-se (e nos concede) ares liberais e democráticos; quando a barriga dos miseráveis ronca perigosamente, aperta o garrote e parte pra porrada o quanto for necessário.

Le Pen, Berlusconi, o novo führer austríaco Jörg Haider, Bush, Sharon e outros tantos compõem no todo um quadro lamentável de poder prepotente, segregacionista, usurpador, militarista e quantos outros péssimos adjetivos se puder juntar. Não há de ser por acaso, meu velho Ubaldo, que esses fantoches são erguidos um após o outro, e grandes interesses econômicos comemoram por trás do pano. Como sempre, a parcela rica e reacionária da população escudará seu apoio em argumentos facilmente descartáveis mais adiante, quando a garantia de uma situação confortável permitir que se horrorize com pequenas atrocidades e genocídios colaterais cometidos no caminho do Bem.

Há coisa de um mês, vi muita gente esclarecida preocupar-se em rechaçar a comparação feita por Saramago entre os acontecimentos na Palestina e os horrores de Auschwitz. A reação em Israel, compreensível, beirou a histeria. Uma repórter quis que o escritor lhe apontasse onde estavam as câmaras de gás. Uma cineasta, emocionada, exigiu-lhe que jamais pronunciasse tal palavra. Sinceramente, não acho que tais pudores contribuam para alguma coisa. Se há exagero na chocante metáfora usada por Saramago, bem, foi para chocar e para qualificar um exagero que a usou.

Não tenho outra definição para um sujeito que se explode dentro de um ônibus urbano senão a de um terrorista psicopata e sádico, e para o mandante do massacre de centenas de civis em Jenin não tenho outra senão a de um primeiro-ministro terrorista psicopata e sádico. Também não vejo problema nenhum em comparar Le Pen a Hitler, ou Berlusconni a Mussolini, ou Bush a ele próprio. Se esperarmos que se tornem o que pensam que são antes de denunciá-los, será tarde demais.

Esses dezoito meses de intifada iniciaram com a visita de Sharon à Esplanada das Mesquitas, muito pertinente se pensarmos que a radicalização que se seguiu elegeu-o primeiro-ministro. Mas outro episódio revelador deu-se nos primeiros dias de novembro de 2001, quando dois atentados do Hamas fizeram 28 mortos e centenas de feridos. Sharon reuniu-se com Bush em Washington para declarar que Arafat estava obrigado a prender os autores dos atentados. Acuado ou a contragosto, o fato é que Arafat anunciou de imediato a captura de 75 militantes da Jihad Islâmica e do Hamas – entre eles três líderes deste. Resposta de Sharon, no dia seguinte: bombardear instalações da Autoridade Palestina.

Entre Sharon e Le Pen, Bush e Hitler, qualquer desses magnânimos líderes mundias, a diferença talvez fique apenas em quais povos gostariam de exterminar, e nas facilidades que encontraram ou não para isso. Entre Auschwitz, Jenin e um ônibus destroçado em Tel Aviv, talvez estejamos falando de abismos estatísticos e métodos bem diversos, mas nada que invalide a declaração de Ghandi, quando lhe perguntaram o que achava da civilização ocidental: "Seria uma boa idéia".

Extra Classe, maio de 2002

Cama, mesa e urna

Marca da campanha eleitoral deste ano, o uso e abuso de namoradas, esposas e congêneres na caça ao voto feminino aponta também para uma busca de afirmação da masculinidade dos candidatos. No imaginário popular, querem crer os marqueteiros, o macho com uma vice-loira à disposição para agrados e adulações é potente e esperto o bastante para merecer o cargo que pleiteia. É uma pena que não se reserve esse tipo de julgamento exclusivamente para o pódio da Expointer, qualificando a administração pública e o legislativo por outros critérios.

Numa versão local e diferenciada, mas de similar apelo ao eleitor, o candidato Antônio Britto parece preocupado em fixar uma imagem de paternidade que lhe sublinharia o discurso, sempre afeito a lirismos e votos de reconciliadora união da família rio-grandense. Quero deixar claro que dispenso, nessa matéria, especulações sobre a intimidade de quem quer que seja, em geral a reboque da boataria vil que oportunamente se instala em períodos eleitorais e à qual, de resto, todos os concorrentes estão sujeitos. Ao contrário, interessa examinar aquilo que publicamente está posto, em sua dimensão política e midiática.

E aí, diga-se, é o próprio candidato ao Governo do Estado que conjuga o anúncio de filhos por nascer com cerimônias partidárias, programas eleitorais com referências à neta querida, o amor que nutre por seus rebentos com o equivalente que teria por aquele a quem pede seu voto. À parte o gosto duvidoso de tais sentimentalismos em dois turnos, o paralelo é sintomático e condizente com uma concepção centralizada da administração pública, que se vê ou se anuncia como carinhosa e benevolente, mas a quem não ocorre a idéia de que àqueles a quem trata como filhos – já aliás bem crescidinhos na democracia –, à população como um todo, caiba o papel de verdadeiro pai da criança. Paternidade e paternalismo, eis a confusão, ou ato falho, em que incorrem a imagem e a proposta de Antônio Britto.

Nada de inédito, dentro de uma perspectiva histórica do poder associado a feudos familiares e seus compadrios financeiros e empresariais. Mas já experimentamos coisa diferente por aqui, em que mesmo os equívocos e percalços são vividos e discutidos no âmbito de uma participação direta, como frutos de nossas próprias decisões e responsabilidades. Difícil retroceder o povo à platéia depois de ele sentir o gostinho do palco.

Extra Classe, setembro de 2002

De volta para o futuro

Que a coluna deste mês sirva apenas para desejar a todos uma ótima eleição. Não quero influenciar ninguém nessa hora em que a reflexão íntima deve pesar acima de tudo. Aliás, em nome da imparcialidade, ofereço espaço para o contraditório em episódio recente e pouco conhecido da campanha eleitoral – o caso da jornalista Renata Giraldi e da visita do candidato José Serra a Palmas, capital do Tocantins.

Na tarde do dia 20 de setembro, matéria assinada pela repórter e veiculada no site da Agência Estado, com o horário de 13h07, descrevia em detalhes o sucesso da visita de José Serra à cidade – a sua participação em carreata por bairros pobres, pela avenida principal, o comício no qual reunira cerca de vinte mil pessoas. Apesar do visível empenho de Renata, no entanto, a extensa reportagem esteve disponível por pouco tempo. No horário de 17h40, surgiria outra matéria com a asinatura da mesma repórter, a qual aqui transcrevo:

"A assessoria de campanha do candidato do PSDB à Presidência, José Serra, informou nesta sexta-feira que foi cancelada a visita dele a Palmas, onde participaria de uma carreata e comício. A explicação da assessoria é que o avião de Serra não consegue levantar vôo de São Paulo em função das fortes chuvas que caem na cidade." Capisce?

O cineasta Jorge Furtado, que trouxe à baila o assunto muito bem documentado, qualifica-o como uma evidência extrema do "jornalismo de oportunidade", o que suspeito seja um eufemismo para a publicação de mentiras em troca de mufunfa. Jorge, cuidado com a precipitação. Aparentes paradoxos podem derivar de singelos fenômenos naturais ou conjunções extremas de cunho cosmogênico. Enfim, é aqui que pretendo oferecer, em defesa da Renata Giraldi e da Agência Estado, ao menos três hipóteses que desfazem a inconsistência entre as matérias veiculadas.

A) Qualquer um que assistiu aos episódios da série De volta para o futuro sabe que um simples raio pode fornecer a propulsão necessária para uma viagem no tempo. Se no caso do filme o veículo era um carro, o que dizer do avião do Serra, estacionado no aeroporto de Cumbica em meio a uma tempestade? Uma descarga elétrica de exata magnitude poderia levar o aparelho ao passado do mesmo dia em Palmas, e no seu retorno um outro (ou o mesmo) raio talvez apagasse tudo o que acontecera, exceto pela matéria da Renata, escrita durante o comício e guardada no bolso de um assessor do candidato. O que é que a matéria estava fazendo no bolso do assessor? Ora, não compliquem.

B) Estar ou não em determinada hora em algum lugar pode ser bastante relativo. O próprio José Serra já deu mostras disso, estando e não estando na posição de candidato do governo durante a campanha. Mas se acham que a hipótese não se sustenta sem uma referência corpórea, um sósia ou assemelhado que possa ter sido visto e confundido pelos habitantes de Palmas, aviso que a região é dada a ocorrências ufológicas e místicas de espécies variadas. E quem pode dizer onde andará o ET de Varginha?

C) Não é bem uma hipótese que vá inocentá-la, mas pode ao menos gerar alguma compaixão reabilitadora. No mesmo dia, com o horário de 17h41, portanto um minuto depois da notícia do cancelamento da viagem de Serra a Palmas, a Agência Estado publicava a seguinte notícia: "Mulher é presa com 1.036 pedras de crack".

Pô, pega leve, Renata.

Como eu dizia no início, ótima eleição para todos. E, olha: nos candidatos que eu vou votar, quando se noticia que chegaram lá, é porque já estavam a caminho há muito tempo.

Extra Classe, outubro de 2002

Onde é que eu estava?

Que maravilha ser pai, descubro. Chegou minha vez, já meio pra vovô, de escutar um "toma que o filho é teu". São mesmo indescritíveis as emoções do parto e dos primeiros momentos de um ser humano fora da barriga da mãe. A gente sempre ouve dizerem coisas assim, mas talvez sem dar o devido crédito ou atenção, até que se vê ali, flutuando, com aquele bichinho nos braços. Fantástico. Ainda mais que, contrariando as expectativas, as primeiras semanas foram de absoluta calma, mamar de quatro em quatro horas e dormir, quase nenhum choro. É bem possível que... ôpa, peraí que eu vou lá ver porque tá chorando.

Gases. O de sempre. Até dar um arrotinho, chora um pouco, nada que incomode. Às vezes mama mais um pouquinho e passa. Onde é que eu estava mesmo? Não importa. É uma sensação incrível, ser pai. E certamente ainda mais incrível, intangível para os homens, é a experiência da maternidade, de estar grávida, de parir, de amamentar. Não há um fio de cabelo da curiosidade paterna que consiga penetrar na relação entre a mãe e o bebê na hora da amamentação. Morram de inveja, pais, apertem suas tetas pra ver se sai um leitinho, e não conseguirão mais do que girar em volta daquela simbiose e intimidade absolutamente... é, tá chorando de novo, deve ter mamado mais um pouco. Vou lá ver.

Um doce, a Maria Clara. Dá essas choradinhas, mas não chega a incomodar. Em seguida passa e a gente retoma. Eu ia escrever "absolutamente" o quê? Não importa. O certo é que a gente fica sem nenhum outro assunto na vida, óbvio, e é um tal de "olha o tamanho do minguinho e o cabelinho loirinho com redemoinho" e bi-bilu-babá que não tem fim.

Como não tem fim o périplo de vovós e madrinhas que vêm abençoar e dar conselhos, de vez em quando se aproveita um. Peraí que eu vou abrir a porta.

Uma prima. A segunda, hoje. Conseguiu acordar a criança. E olha que não dormiu bem à noite. Mas a gente evita dar funchicória ou luftal, esses troços cheios de sacarose. Maria Clara vai ser militante do Greenpeace, como é que eu vou explicar que dava açúcar pra ela quando era bebê? Não, deixa que o papai entra em ação enquanto a mamãe toma banho. Embalo o carrinho com a esquerda, ainda me sobra a direita pra escrever. Nada que atrapalhe o trabalho. Onde é que eu estava, mesmo?

No Greenpeace, era isso, eu acho. Melhor usar frases curtas, agora. Entre uma embaladinha e outra. Ainda chora um pouquinho. Mas nada que atrapalhe muito. Quem sabe trocando de posição. Ou tapando melhor. O bico, não, não quer o bico. Melhor pegar no colo. Coisa mais linda do mundo. Faz uma carinha de Mr. Magoo. Eu ia falar de algum outro assunto, mas já não lembro. Coisa mais linda. Não tem igual nesse mundo. E não vai deixar o papai trabalhar de jeito nenhum. Peraí que eu vou no Greenpeace da esquina comprar um luftal, mês que vem eu volto.

Extra Classe, março de 2003

Tetas ocupadas

O governo Lula é apenas vinte dias mais velho que a Maria Clara, minha linda rebenta, então achei que viria bem aqui fazer algumas comparações. Por exemplo, tal qual o governo, ela estabeleceu como prioridade um programa Fome Zero desde o primeiro dia. Está certíssimo o Lula em dizer que a fome não pode esperar, e ela nos confirma em alto e bom som a cada vez que o mamar se atrasa uns minutos. Não dá pra se fazer de surdo. Então não sei como o Lula se vira com tantas reuniões e cronogramas experimentais antes de implementar nem que seja uma papinha decente para a Paraíba. Claro que as tetas do governo, sei, sei, já estão ocupadas. Tem gente mamando ali desde antes de eu nascer.

A Maria Clara ainda nem engatinhou, o que talvez seja injusto dizer-se do governo, que em tempo recorde movimentou o projeto de reforma da previdência. E parece que vai aprová-lo, apesar da gritaria de boa parte dos eleitores e da bancada do próprio PT. Algo assim fantástico como engatinhar de barriga pra cima, sem usar os membros. Ou melhor, usando as mãos pra tapear as Heloísas que estiverem no caminho e os pés pra chutar a CPI do Borhausen pra fora do Senado, por exemplo. Será que a apuração de uma lavagem de trinta bilhões de dólares teria de esperar, em nome de não atrasar a votação da reforma? Em todo caso, o PT na Câmara dos Deputados rolou sobre a barriga e conseguiu aprovar a CPI. Vá entender quem é governista e quem é oposição.

Com o Palocci, acontece algo muito curioso. Cada vez que ele aparece falando de juros e metas inflacionárias, superávit fiscal, relação dívida/PIB – ou sei lá que outro quesito macroeconômico desses nos quais a mídia decidiu que devemos ser todos compreensivos especialistas –, a Maria Clara franze o cenho, faz um biquinho igual ao do ministro e... Pronto, lá vamos nós trocar uma fralda recheada de superávit. Pra falar a verdade, a minha reação é bem parecida. Andando estou, para esse economês com cara de justificativa fatal e inevitável para a mesma situação de sempre. Quero é saber quando é que vamos tirar de quem tem muito e distribuir para quem tem pouco ou nada. Quando é que a primazia do lucro financeiro vai dar lugar ao trabalho e à justiça social. Até lá também franzo o cenho e faço bico, é isso aí, dá-lhe, minha filha.

Outra comparação possível entre o governo e a Maria Clara é a de que os dois exigem muita paciência. Bom, estamos tendo, estamos todos sendo muito pacientes e otimistas, quando não deslumbrados. Basta ver os índices de aprovação e de confiança na gestão do Lula, sempre altíssimos e quase inalterados depois de seis meses. Não é pra menos. Depois de vinte anos com os milicos, depois de mais vinte com a direita travestida de várias formas mas sempre refestalada no poder, é muito bom saber que quem está lá é aquele metalúrgico com um sorriso tão lindo e franco como o de uma criança, de quem só se pode pensar que vai nos levar pelo rumo certo da felicidade. Como tu, Maria Clara, minha filhinha querida, que só não precisava ter sujado a fralda de novo. Vamos lá, Lula, estamos todos contigo. Mas vê se não exagera nos superávits.

Extra Classe, julho de 2003

Machadadas

Ninguém perguntou mas vou dizer, meu Scliar favorito é o cronista da Folha de S. Paulo, onde se dedica a converter para a ficção matérias publicadas no próprio jornal. Na última que li, só pra dar um exemplo, constrói uma divertida biografia não-autorizada da galinha preta atirada na Marta Suplicy, em atentado de muito mau gosto perpetrado por uma facção pouco respeitável do movimento estudantil paulista. Mas essa predileção pelas pequenas invenções do Scliar me vem à cabeça por conta de uma matéria da *Zero Hora*, que certamente lhe inspiraria uma crônica das boas. O protagonista do feito a ser narrado teve seu nome e iniciais preservados pelo repórter, nem sei bem por que motivo, mas isso já trataremos de corrigir aqui convencionando chamá-lo de Mateus da Silva Tortoniello, ou simplesmente M.S.T.

Pois bem. Na madrugada de terça-feira, 19 de agosto, M.S.T., morador da zona rural de Flores da Cunha, deixa sua residência e dirige-se ao centro da cidade portando um machado – e um machado de bom tamanho, certamente, sendo o cidadão agricultor e considerando-se os estragos que com ele viria a produzir. Por volta de 4h50, segundo relato da Brigada Militar, soa o alarme da agência central do Banco do Brasil. Os policias acorrem ao local, onde encontram destruídas a porta principal da agência e um terminal de caixa eletrônico. Passados vinte minutos, ainda atônitos com o motivo e a autoria de tal vandalismo, dirigem-se à sede da Prefeitura Municipal, movidos por denúncia de que alguém despedaçara as vidraças do prédio, o que de fato se confirma. Nenhum sinal do criminoso nos arredores.

Os PMs dão seqüência a sua busca e no trajeto deparam com as grades de ferro do Fórum local – ainda por ser inaugurado – arrebentadas; os vidros da porta principal da delegacia de polícia civil estilhaçados; e idem para os pára-brisas de duas viaturas estacionadas no pátio. Só então, depois de fechar o cerco nas imediações, avistam o agricultor a caminhar pela cidade com o seu machado, o qual resiste à prisão e tem de ser baleado no joelho para que possa ser dominado. Com a identificação da autoria e o inquérito, descobre-se que M.S.T. andava inconformado com acontecimentos recentes de sua vida. A morte dos pais, aliada a problemas psíquicos no passado, tornou-o herdeiro de propriedade rural vitivinícola, mas sob a tutela do Ministério Público, para o qual deve requerer autorização a cada vez que precisa sacar dinheiro de sua conta bancária. Maluco beleza ou não, na sua sanha vingativa M.S.T. produziu estrago mais completo no plano simbólico do que na construção civil: numa só tacada investiu contra o sistema financeiro, o poder executivo, o judiciário, a estrutura e a política de segurança.

Primeira moral da história: fosse eu, que já me irrito quando o terminal refuga meu cartão, talvez não fizesse outra coisa. Segunda moral: ressalvando alguns pontinhos específicos desse caso (era só um loucão com seu machado, mas com terra e conta bancária), talvez conviesse à Farsul reclassificar o MST como um movimento pacifista.

Extra Classe, setembro de 2003

Coq au farofa

Lá vem o verão de novo, com seu séquito de panetones, insolações e sambas-enredo. E lá vamos nós, vítimas da pressão social praiana, tratar de arrumar umas feriazinhas na areia pra família com o que sobrar do cheque especial depois do fim de ano. Se bem que, com os juros baixando e a inflação sob controle, podemos considerar a hipótese de escapar da farofa daqui rumo ao frio civilizado, como atesta a visita ao Brasil de Juliette Delarue, da Oficina de Turismo de Courchevel, estação de esqui distante quatro horas de Paris pelo trem TGV. Por módicos dois mil euros a diária, ela propõe que você desça do trem direto para um hotel cinco estrelas com café-da-manhã. Mas, se preferir, também pode chegar a Courchevel de helicóptero, a partir de Lyon ou Genebra. O vôo custa mil euros e a aeronave leva até cinco pessoas – apenas com a bagagem de mão. "Tem quem alugue dois helicópteros, um só para as malas", informa a Juju.

Obrigado, querida. Valeu mesmo essa dica importantérrima. Realmente uma pechincha. Mas vamos considerar aqui, só para o caso do leitor (ou da mala dele) enjoar em vôos de helicóptero, algumas alternativas tropicais que não dispensam charme e requinte:

1) Time-share em Arroio do Sal – Pacote familiar para até oito pessoas, sem traslado e city tour, com estadia em simpático condomínio de minilofts a trinta quadras do mar. Como oito não conseguem respirar ao mesmo tempo dentro de uma quitinete, a solução é o macharedo ir pro pagode até cinco da manhã. Por essa hora, as mulheres liberam espaço no apartamento e tomam o rumo da praia, com seus coq au

farofa na sacola, para dourar a pele durante o resto do dia ao esplendor da costa subcaribenha.

2) Sauvage camping na Praia da Pinheira – Pacote econômico no litoral catarinense. Ainda não há vôos diretos, e se o ônibus também não for direto você vai iniciar suas férias com um revigorante enduro pedestre, carregando a barraca e o liquinho nas costas. Ambiente de efervescência artística, com manifestações espontâneas da cultura reggae durante o dia e a madrugada. Tente aproveitar pra dormir sempre que estiver boiando no mar. Clima instável, com prováveis trovoadas contínuas enquanto você estiver por lá e céu de brigadeiro assim que botar o pé no ônibus de volta.

3) Business-to-business em Arambaré – Salutar simbiose entre lazer e negócios. Com um pouco de imaginação e um puxadinho no barraco do cunhado você ingressa no fascinante mundo do comércio de caipirinhas e pastéis de siri na orla da Lagoa dos Patos. Além de garantir o verão da família, passa a acumular uma renda extra e noções preciosas de pop management, hedge funds, mercado futuro e equilíbrio fiscal. Estatísticas provam que no máximo em 76 anos você estará apto a desembarcar do helicóptero em Courchevel livre de enjôos.

Pode levar um outro tanto pra bagagem também chegar mas, ces't la vie, nem todos os verões são perfeitos.

Extra Classe, novembro de 2003

As feiras invisíveis

Dizem ser de Marco Polo o relato apócrifo que descreve Porto Alegre como uma cidade de pequeninas casas com extensas janelas frontais e parapeitos abarrotados de livros de todos os gêneros, alinhadas no entorno e através de uma praça por onde os habitantes do lugar circulam incessantemente nas tardes de primavera. Sendo todos ávidos leitores, e muitos propensos ao ofício de escritor, carregam consigo personagens de contos e romances que por vezes lhes escapam pelas alamedas, criando vida própria e pendores pessoais para a literatura.

Ao longo de anos, a repetição desse ciclo inviabilizou a circulação entre as casas, com inusitados engarrafamentos de realidade e ficção. De um lado, descontados os dias de chuva e menor afluência, sequer se avistam os parapeitos e os livros por trás da multidão espremida no trajeto. De outro, já não se sabe mais quem é um habitante original à procura de um autor ou um personagem evadido em busca de um título específico. O resumo da ópera, conforme sentencia o Marco, é que assim como está não vai dar pra ficar. Mas, digo eu, pelo menos ainda se pode tomar um chopinho com a Claudia Laitano no final de tarde e ouvir dela que a Feira do Livro deveria mudar-se para o cais do porto.

Alegre impasse, vive esta cidade. Se é a paixão de tantos pela literatura que criou um problema, então parece ser um ótimo problema. E com uma solução já bem aclamada, que também esteve o Secretário da Cultura a dizer que precisamos caminhar para o porto, ora, pois então, ao porto vamos, pá! Seria pouco mais que o óbvio honrar a vocação açoriana de mirar horizontes largos, e mais um grande passo para ocupar a alegria que aquele indecoroso muro da Mauá tenta manter invisível. Com o nome que tem, não vejo nada mais exato e poético do que esta cidade chegar ao porto, chegar a si próprio, pelo caminho das palavras. É o que o Marco Polo diria, como bom navegador.

Zero Hora, novembro de 2003

Se não fosse você

"Saber, eu sei, mas se contar ninguém acredita", disse ele. Franca provocação, mais fácil jurar que acreditaria em cada palavra do que ficar com uma incógnita plantada nas sobrancelhas o resto do dia. Então contou, era já coisa de muitos anos, fase ruim da vida, de dores de amor e agiota no pé. Perdera o que não tinha administrando mal um pequeno sebo, sócio ligeiro, cavalos lentos, essas coisas. No dia em que fechou o ponto, despejou em casa os caixotes abarrotados de livros e saiu para afogar-se na cana além do mensurável.

Não voltou antes do outro dia, e apenas para encontrar o apartamento tomado por assombrosa baderna: romances e novelas circulavam por todo lado, entre clamores dramáticos e o brandir de armas do crime; tratados antropológicos aquartelavam-se nas poltronas da sala ofendendo teses alheias e contos pornográficos rolavam do corredor ao quarto, deixando uma trilha de capas pelo caminho. A cozinha era um alvoroço de livros de receitas a experimentarem-se mutuamente e em desatino. Os infantis choravam sem parar e sem que ninguém acudisse, e livros de auto-ajuda perfilavam conselhos no espelho do banheiro enquanto os técnicos, em disputa ferrenha pela caixa de ferramentas, já avançavam sobre o computador e o encanamento.

E mais não viu porque não quis, deixou-se recuar, horrorizado, para a rua, para longe dos bemóis de um songbook que fazia palco da sacada, em improvável homenagem a Noel Rosa. Arrumou-se outro lugar para dormir, por um tempo, curou tristezas e receios antes de retornar à casa ordenada, os caixotes abarrotados e fechados, bem diferente do que vira, sim, senhor, aquele dia, coisa pra nunca mais esquecer.

“Uma mixórdia de dar vergonha na gente”, completou, com ar de sincero desapontamento moral. E foi-se. E fiquei eu só, o espanto frente ao cartaz da Feira e seu slogan inquiridor “O que os livros fariam se não fosse você?”, pois é, nem sei se vale a pena contar, ninguém acreditaria mesmo.

Zero Hora, novembro de 2003

Rito de passagem

Se alguém ainda precisa de motivo para visitar a Feira do Livro, tenho um de sobra: o clima. Pode levar emprestado – com dois vê! –, é satisfação garantida. Não no sentido de "pintar um clima", que também poderia ser, mas me refiro a condições atmosféricas, temperatura, umidade, pressão. Deixa eu explicar direitinho essa tese meteorológica. Em primeiro lugar, porto-alegrense já nasce com um boletim do tempo debaixo do braço, questão de sobrevivência, que por aqui as cinco estações do ano – frio, vento, dilúvio, solzinho e gosma – por vezes alternam-se ao longo de um único dia. Em segundo, não inventaram nada melhor do que discorrer sobre tempo bom ou ruim quando se precisa quebrar o gelo, em encontros pontuais ou inesperados, ou encher alguma lingüiça, que é o que já se desconfia que eu esteja fazendo aqui.

Agora junte-se a isso a percepção estratégica demonstrada pelos precursores da Feira, lá em 1955, ao situá-la nessa época do ano, de primavera bem encaminhada. Espécie de resumo de incertezas, esse é um período de transição onde se pode prever algum resquício de frio, sim, porque o inverno há pouco se foi, e algum vento, também, próprio da estação, e até alguma chuva, é claro, sempre chove um pouco. Mas é para o calor que caminhamos, não se duvida, que não há novembros pela metade sem algum suor.

Tudo isso posto, fica claro que o porto-alegrense não vai à Feira porque quer. Vai porque precisa. Vai porque não resiste a encontrar seus pares e comentar sobre o tempo, porque não pode desperdiçar esse cardápio de variações climáticas da entrada do verão sem fazer dele assunto coletivo e primordial.

É como um rito de passagem obrigatório, está além de seu controle, faz parte de seu código genético. Portanto, liberte-se de medos e culpas, junte seu arsenal de observações sobre a termodinâmica de cúmulos e nimbos, sobre o freezer de ontem e a sauna de amanhã, e adentre a multidão garboso como um citadino consagrado. E, convenhamos, aproveite pra comprar um livro.

Zero Hora, novembro de 2003

Autógrafos

Autor puxou a caneta do bolso, pronto para iniciar. O nome era esse mesmo, ainda que o abominasse, sujeito desde pequeno a apelidos do tipo "Autorama". Mas, por anunciado destino, tornara-se escritor. E era um sucesso. A enorme fila da sessão de autógrafos dava conta do trabalho que teria pela frente, ainda mais se o primeiro a anunciar-se para a dedicatória já parecia disposto a um arremedo.

– Prefácio. Não, não estou brincando. Você bem sabe quem eu sou. Estou em todos os seus livros. Tecendo elogios ao estilo. Glorificando sua contribuição para a literatura. E dourando, encobrindo, mentindo, em suma, enquanto você se deleita com os louros e as benesses da fama. Eu praticamente inventei você, sem receber nada por isso. Agora cansei.

Era chocante, mas verdadeiro. Seus livros eram sempre generosamente prefaciados, não raro de uma forma que ele próprio admitiria exagerada. Mas não tinha tempo para autocríticas, com a fila se avolumando. Que o outro dissesse o que queria, e rápido.

– Vinte por cento do próximo livro.

Vinte por cento da vendagem? Ele que tentasse receber tal coisa de uma editora. Uma que publicasse livros só com o prefácio.

– Não é dinheiro. Vinte por cento do espaço. Quarenta páginas está bom. Em itálicos. Papel pólen.

Ora, ora. Tinha criado manias. Restava notificá-lo de que o próximo livro não teria prefácio, e esclarecer um detalhe: o que ele sonhava escrever nas suas quarenta páginas?

– O de sempre. Que você é brilhante, genial, carismático, insuperável, candidato ao Nobel.

– Então pode ir andando – disse-lhe –, que disso já tenho o suficiente. Veja, você se tornou supérfluo justamente ao me afirmar imprescindível. Provou sua inutilidade com os mesmos exatos argumentos com que me declarava essencial. E agora para nada serve além de atrasar o encontro entre eu e meus leitores.

E sinalizou aos seguranças que levassem dali o reclamante, tinha mais o que fazer, inclusive descobrir que o próximo da fila se chamava Sumário e que aquela seria uma longa e inesquecível sessão de autógrafos.

Zero Hora, novembro de 2003

Nexo, drogas e literatura

22h01. Dou partida à experiência, ingerindo o novo psicotrópico por mim sintetizado a partir de anfetaminas, baganas de haxixe e bourbon irlandês. Pretendo provar que a alma da literatura beat pode ser reproduzida em laboratório, permitindo dotar qualquer ser humano comum, sob o efeito dessa droga, da capacidade de escrever de forma espontânea e em velocidade estonteante. Neste momento, sinto formigarem os dedos das mãos e idéias cruzam minha mente como se fossem carros numa auto-estrada em início de feriadão.

22h41. Pausa para trocar o disco rígido lotado do computador. Finalizei em tempo recorde dezoito capítulos de romance sobre uma viagem de motocicleta a Manaus durante a qual os personagens principais formam uma banda de cool jazz e enfrentam a polícia depois de assaltarem uma pequena livraria especializada em HQs eróticas francesas e cultivarem um triângulo amoroso em um hotel marroquino de última categoria onde praticam tiro ao alvo em maçãs postas sobre suas próprias cabeças. Sinto a estranha compulsão de escrever uma biografia em um rolo de papel toalha, abolindo as pontuações para ganhar tempo.

23h30. Hora de encerrar a experiência e registrar os resultados, depois de reler o material que produzi e compará-lo com obras de Kerouac e Burroughs. Posso dizer, sim, olhando por alto, numa avaliação preliminar, que a experiência foi um sucesso. Certamente, sob a influência do psicotrópico, pode-se criar e desenvolver com rapidez extrema uma literatura de singularidade, muito embora não queira me apressar na conclusão final, que talvez tenha de ser adiada para mais tarde, ou reconsiderada, tendo em vista um detalhe que merece certo apreço, sim, um efeito colateral imprevisto e muito interessante. Sob o efeito da droga, torna-se extremamente fácil escrever. Ler, inclusive o que se escreveu, é quase impossível.

Zero Hora, novembro de 2003

Fetiches e falsários

Muito barulho por nada, é isso o que se tem feito em torno da obra de Amadeu Junqueira, alçado ao posto de guru do construtivismo pedagógico tupiniquim com seu Pós-estruturalismo em Heidegger (Remanso, 328 páginas, R$ 49). Sem acrescentar um filamento de luz ao debate filosófico da educação, o autor se compraz em enumerar pirotecnias epistemológicas, tirante as quais, a rigor, a produção teórica de Junqueira sequer existe.

E não existe mesmo. Inventei o autor e tudo mais no arrazoado aí de cima por não conseguir me conter. A Feira se despede amanhã e eu hoje, era chance única de viver por umas linhas o fetiche da crítica literária implacável. Num arresisti. Desculpe. Nem precisam me lembrar que esse espaço se pretende para fins mais nobres do que tirar a graça do leitor. Mas quem sabe, dessa patacoada, eu possa extrair uma reflexão.

Por trás do fetiche da crítica, o da erudição. Por trás da pilhéria, o receio de ser abatido na ignorância – daquilo que se desconhece, não se sabe o perigo que representa. Fale em epistemologia naquela churrascada típica de domingo e prepare-se para olhos arregalados antes que o primeiro deboche da palavra desanuvie o ambiente.

Foi para dissolver essa combinação de respeito e medo em relação aos livros e à leitura, muito associada ao difícil e ao empertigado, que surgiu a Feira. Acho que ainda é o seu maior mérito. Que se promova a leitura pelo prazer, não pelo status intelectual. Pela fantasia, não por um dever cívico. Pela sabedoria, que não se mede no tamanho das estantes.

Em se tratando de ler, já disse bem o Frank Jorge – esse erudito supimpa –, bula de remédio pode ser um bom começo. Tudo estará bem, se assim le gusta. Se um livro lhe parece chato nas primeiras páginas e continua parecendo por mais tantas, não tenha dúvida: é chato mesmo. O problema não é seu, é do autor. Troque por outro, não vá estragar o gosto pela leitura obrigando-se a ir até o final. Ainda mais se for o livro do Junqueira, esse grande falsário.

Zero Hora, novembro de 2003

DOIS

Meu habitat natural são as letras de músicas, ofício remotamente literário que se exerce com amor e dor, coração e paixão. Mas como não recuso uma chance de rimar também em prosa, a partir de março de 2004 passei a assinar coluna quinzenal no Segundo Caderno de Zero Hora. *Cumpria então frenética atividade jornalística de noventa linhas mensais – afora extras, como uma resenha do livro* As cidades invísiveis *aqui incluída –, em uma demanda por assuntos que, vindos do bem e do mal, àquele ano não faltaram.*

Já em 11 de março explodiam as bombas terroristas nas estações de Madri, exatos dois anos e meio após o atentado às torres gêmeas. Outro aniversário lúgubre, o de quarenta anos do golpe de 64, foi motivo de revisões e debates ao longo de todo o ano. E ainda maior polêmica causou a quarta edição do Big Brother Brasil, *batendo recordes de audiência e ao final vencida pela babá Gecilda da Silva Santos.*

O ano de 2004 também foi pródigo em demonstrar o quanto é difícil deter certos desígnios. Enquanto a indústria do disco buscava inutilmente barrar com processos judiciais a troca de arquivos de música pela internet, na Olimpíada de Atenas um ex-padre irlandês se atracava ao maratonista Vanderlei Cordeiro de Lima, líder da prova até então, e a polícia gaúcha armava caçada de final previsível a Dilonei Melara [o mais famoso assaltante do estado] recém-foragido. Melara ainda assombrou o Natal daquele final de ano, mas foi encontrado morto à beira de uma estrada em janeiro de 2005. Vanderlei chegou ao final da prova em terceiro, mas esse bronze é até hoje reverenciado no país como medalha de ouro. E o mp3, bem, esse continua a correr mundo sem ninguém que lhe alcance os calcanhares.

Feliz feriado novo

Finalmente um calendário em que o ano começa no dia 1º. De março, é verdade, mas isso não chega a ser totalmente relevante. Por enquanto o que importa é o simbolismo de entrar o primeiro mês que conta trabalhando a pleno vapor desde o primeiro dia – sem nenhuma folguinha! Agora, antes que a bagunça retorne já em 2005, precisamos tratar de fixar as datas, ou seja, convencionar que o carnaval caia sempre na última semana de fevereiro e o 1º de março sempre numa segunda-feira.

Sei que isso implica suprimir um ou dois dias do ano e também desvincular o carnaval da Quaresma. Mas convenhamos, nada que o Júlio César e o Papa Gregório já não tenham feito. E a Igreja deve agradecer de se livrar dessa conexão com o Joãosinho Trinta. Então, tomando por base o calendário de 2004, pode-se eliminar a sexta-feira 13 de agosto, por exemplo, que se tornaria sexta 14, correndo o risco apenas de contrariar alguns aniversariantes e lobisomens. Depois é só extinguir por decreto os anos bissextos que a conta fecha, a partir de 2005 teríamos o primeiro dia de março sempre nas segundas. E aí se consagraria a data como o início oficial do ano.

Não se trata, veja bem, de mexer com o cronograma geral de como as coisas se dão no país ou de transferir as férias de quem quer que seja. Seria apenas uma operação contábil, organizando o que na prática já está estabelecido. Janeiro e fevereiro passariam a pertencer ao ano velho no calendário civil sem deixarem de ser a extensão do Réveillon que sempre foram, ao contrário, seria um prolongamento totalmente assumido, com o carnaval encerrando a festa da virada de forma apoteótica. E a entrega do Oscar acontecendo junto, se não é pedir demais, também fica interessante.

Fato é que com isso se desfaria a impressão de que o país comemora, a cada início de ano, o que de bom não tem a mínima idéia de que vá acontecer até o final. E seria mais sincero. Simpatizo com a franqueza, com as coisas às claras. Por exemplo, o nome que o Carlos Cachoeira, investigado por lavagem de dinheiro, escolheu para a sua empresa: Capital Construtora e Limpeza Ltda. Simples e direto. Categórico. Ou o daquela escola de samba de Rio Grande, a Unidos do Mé. Não levou o título, esse ano, decerto prejudicada no quesito evolução, mas ninguém pode acusá-la de esconder o jogo. Festa é festa. Trabalho é trabalho e começa agora, daqui pra frente sempre nesse dia, o primeirão do novo calendário. Se bem que, agora pensei, se a idéia chega a vingar, evidentemente vão decretar que hoje é feriado.

Zero Hora, 1º de março de 2004

Interpretações bárbaras

Quem quer que esteja puxando os cordõezinhos do nosso mundo marionete, nos dias de hoje, parece ser um profissional de primeira e ciente de todos os atalhos para o inferno. Os atentados de Madri já foram apontados como obra da Al Qaeda, do ETA e até do próprio Aznar, em suposto conluio com a CIA, hipótese tão rocambolesca quanto cheia de precedentes. Produzir terrorismo para atribuí-lo a um inimigo político é nosso velho conhecido, por exemplo, do episódio do Riocentro.

Mas é curioso o fato de que o governo de Aznar possa ser, ainda que indiretamente, responsabilizado pelos atentados na conta de seu envolvimento na invasão do Iraque, o que teria atiçado a ira do fundamentalismo muçulmano, ao mesmo tempo em que trata de faturar mais uns votinhos à direita atribuindo aos bascos a autoria do morticínio e, em qualquer caso, justificando a cruzada contra o terrorismo. Ou seja, sobre cadáveres e desmembrados, qualquer argumentação está tendo a chance de tirar a sua lasquinha.

Algo aqui, além de cruzados e mouros na Península Ibérica, faz lembrar o filme As invasões bárbaras. Houve gente do quilate, digamos, conservador, de um Olavo de Carvalho a defender o filme como a prova definitiva da derrocada da esquerda, da morte das ideologias e do fim da História, da falência dos sistemas estatais de saúde e por aí afora. E também houve quem, com um histórico bem mais libertário, avistasse no filme um clamor pelo resgate de ideais, de generosidade e da biblioteca do personagem Remy.

Estamos todos postos às lágrimas, evidentemente consternados com as imagens que o mundo nos tem oferecido. Os fatos amontoam-se ensangüentados ao redor das estações de trem da capital espanhola ou, no caso do filme, apodrecem no corredor do hospital entre aqueles tantos não beneficiados pelos subornos do filho do professor. Os fatos. Já as interpretações que se seguem por vezes parecem descolar-se dos acontecimentos, como uma série de jurisprudências que não responde a lei nenhuma senão à idéia de safar-se o mais breve possível para uma posição de defesa. Quando cadáveres servem a ambos os lados, convém mesmo ficar longe da linha de tiro. Ou perguntar-se, afinal, em que diabo de filme nos meteram, sem cachê, sem participação no roteiro, a ter que escolher permanentemente entre o papel de vilão e o de bandido.

Zero Hora, 15 de março de 2004

Antes de nossos netos

Não li e já gostei. O livro da historiadora Beatriz Kushnir, Cães de Guarda – Jornalistas e censores, do AI-5 à Constituição de 1988 (Boitempo, 408 páginas), lançado recentemente em São Paulo, insere-se na avalanche de revisões propiciada pelo aniversário do Golpe de 64 como um desafio dos mais instigantes. Com o objetivo, nas palavras da autora, de "iluminar um território sombrio e desconfortável", o extenso trabalho acadêmico, fruto de tese defendida na Unicamp, examina as relações de cumplicidade da imprensa brasileira com os aparelhos repressivos durante aquele período.

A curiosidade ululante, aqui, é a de como o lançamento do livro irá repercutir na própria imprensa. Para ficar num exemplo tantas vezes reverenciado como modelo de jornalismo independente e investigativo, a Folha de S. Paulo não escaparia de rever seus esqueletos bem guardados no armário ao comentar a obra – é a autora quem avisa. É de se imaginar, inclusive, que o livro seja tão mais interessante quanto menos dele se ouvir falar. E se nunca mais se ouvir falar, ao menos acredite: o livro existe, não fui eu que o inventei.

Mas que não se faça da grande imprensa brasileira o alvo maior de um barraco revisional do Golpe de 64. Aos artífices militares e seus jagunços caberá sempre o grande troféu de responsabilidade pela ditadura, e sobre eles recai a necessidade imperiosa de recuperarmos a verdade histórica do país. Se não é tarefa fácil, tampouco se pode evitá-la. Pode-se aproveitar esse lamentoso aniversário do Golpe para refletir sobre isso, ou então prolongar a inconsciência um pouco mais, mas não se pode impedir que o tempo faça o seu papel.

Convém descobrir quem somos antes que os nossos netos o façam por conta própria.

Quarenta anos atrás, milhões de pessoas protagonizaram as marchas da Família com Deus pela Liberdade, abrindo caminho para o golpe militar, e da Vitória, para celebrá-lo. Não por muito tempo. Quando o terrorismo de Estado mostrou a que vinha de fato, quando nos transformamos numa nação paranóica policiada por psicóticos, talvez não tenha sobrado quem ainda pudesse festejar o resultado. Ou talvez sim. Não é realmente muito fácil iluminar esses territórios sombrios e desconfortáveis.

Zero Hora, 29 de março de 2004

Louca brincadeira

Coisa interessante uma babá ganhar o bebebê. Lembrando que também um Bam-bam e um cowboy venceram outras edições, vê-se que um balbuciar infantil acompanha o programa desde sempre – mesmo quando tachado de babaquice, baboseira e outros babados. O apresentador encarrega-se de frisar com freqüência que tudo ali não passa de uma grande brincadeira, pontuada por provas e tarefas no estilo gincana escolar. E mesmo que a idade dos participantes os presuma adultos, as aparências por vezes não enganam.

Então talvez se possa desdobrar essa paixão nacional produzindo uma versão radicalmente infantil do BBB. Tome-se uma dúzia de crianças ao redor, digamos, dos sete anos de idade. Postas em longo confinamento dentro de uma casa, seu relacionamento com o mundo exterior resume-se a receber instruções e obedecer regras ditadas por um telão, embora saibam que estão sendo escrutinadas em sua plena intimidade por milhões de olhares anônimos. O cumprimento dessas tarefas arbitrárias e disparatadas define como vão se alimentar, o maior ou menor grau de conforto para cada um e o poder que exercem ou a que se sujeitam entre si. Mais importante, a promessa de um prêmio final se assenta sobre o objetivo de livrar-se dos outros, ganha aquele que atravessar os absurdos do sofrimento (des)estabelecendo laços com maior competitividade e convicção, até ficar completamente sozinho. Que tal?

Se a descrição se assemelha à de uma fábrica de loucos, condimentada pela crueldade com crianças da qual não aceitaríamos compactuar, é também fiel à estrutura do Big Brother Brasil e de outros reality shows. De outro lado, do lado de cá da telinha, pergunte-se a um passante na rua da Praia sobre cumprir tarefas vazias de sentido, em busca de conforto material e no caminho de sentir-se cada vez mais só – talvez se descubra que esta é a sua vida. Na ficção de George Orwell, 1984, que deu origem ao nome do programa, é o Estado quem impõe ao cidadão um "olho domiciliar", aparelho que vigia seu comportamento. Metáfora dispensável, hoje, se já estamos fazendo por nossa conta e muito bem o papel de vigiar a loucura para que não se perca da falta de razão. Aos que (se) assistem, do lado de cá do olho televisivo, talvez caiba algum conforto na ilusão de simbolizar seus dramas. Já os que participam do programa vendem o que lhes resta de realidade, correndo o risco de a ela não retornar. A se comemorar, na vitória da babá, já ter informado que o dinheiro do prêmio a fará mudar de profissão. Teremos uma criança provisoriamente a salvo.

Zero Hora, 12 de abril de 2004

Orwell e a CIA

Big Brother, mas Big Brother meeeesmo, é o que se pôde ler nos últimos meses na série de reportagens da revista Carta Capital sobre a atuação da CIA, do FBI e de outras agências norte-americanas no Brasil. Pela gravidade do assunto, seria de esperar que ocupasse diariamente as manchetes da grande imprensa do país. Ao contrário, dele pouco se fala, o que prefiro atribuir ao despeito pelo brilho investigativo de um concorrente do que a temores persecutórios dignos da Guerra Fria. Em matéria de paranóia e arapongagem, já chega o que a própria história trouxe à baila.

Depreende-se a partir das reportagens que, em primeiro lugar, até o jardineiro da embaixada ou de qualquer consulado dos Estados Unidos é um agente camuflado da CIA, do FBI, do DEA e da NAS (agências antinarcóticos), do U.S. Customs (alfândega) ou, por que não supor-se, da segurança pessoal do cachorrinho de estimação do Bush. Em segundo lugar, todos eles passeiam, investigam e agem país afora e principalmente adentro sem serem jamais monitorados ou chamados a prestar conta de coisa alguma. Ao contrário – e em terceiro –, é a polícia brasileira quem lhes presta contas sobre milhões de dólares que ilegalmente embolsa em troca de obedecer a tudo o que os agentes 86 lhe ordenarem. E, por último, disso tudo sabem todos dentro do governo brasileiro, há muito tempo.

Pérola entre outros tantos disparates, desde 1988 um belo prédio do setor policial sul de Brasília serve de sede para a Coordenação de Operações de Inteligência Especializada (COIE), oficialmente um órgão da Polícia Federal. O prédio foi na verdade construído e equipado pela CIA, que, junto com o DEA, ali dentro opera, manda e desmanda em atividades singelas como, por exemplo, grampear o Palácio do Planalto e o Alvorada. Os agentes brasileiros do órgão só se tornam "confiáveis" depois de passar por um teste de polígrafo em Washington, quando são então agraciados com um engorde salarial, obviamente em dólares. Isso explica que um doleiro – indicado pela embaixada americana – seja presença constante em tal órgão da PF, tão à vontade que por vezes é convidado a dar palestras sobre câmbio para os agentes.

As revelações adquirem patética solidez nas palavras de gente como Carlos Costa, ex-chefe do FBI no Brasil ("A vossa polícia é nossa"), ou do exaltado James Derham, quando no comando da embaixada dos Estados Unidos ("Temos o dinheiro, as regras são nossas"). Ou ainda de José Roberto Benedito Pereira, ex-corregedor da PF, instado a confirmar se o COIE era uma base da CIA ("É exatamente isso") e a explicar por que tantos, mais de uma centena de agentes, se submeteram ao teste do polígrafo ("... havia outras bases, chegaram a quatorze bases Brasil afora"). De Carlos Costa, também se destaca a espontânea declaração de que "uma das mais importantes funções que temos na embaixada é manipular, conduzir, controlar a imprensa brasileira no que nos interessa". De fato, os filmes de espionagem são eternos. Considerando-se que o atual chefe do COIE se chama Disney Rosseti, outros gêneros de ficção e comédia também estão em alta. Mas a realidade continua imbatível.

Extra Classe, maio de 2004

Triconomia

– Err... ham... Bom dia.

– Hã? Ah, desculpe, eu estava concentrada aqui no meu tricô. Casaquinho pro neto, sabe? É o jeito, com os juros ao consumidor como estão. Se importa de eu terminar só mais essa carreira? Quero ver se apronto ainda hoje.

– Ahm... Sem problema, eu passo pra outro caixa e...

– Esse é o único caixa aberto, moço. Dispensaram os funcionários. Mas fique aí que eu já lhe atendo. Sabe como é, ninguém mais vem ao supermercado em meio de mês. Vai ser assim enquanto a relação dívida/PIB não melhorar, é o que dizem. Que rancho, o seu, hein? O senhor não é daqui, pelo que vejo. Tem certeza de que vai levar isso tudo?

– Cheguei de viagem. Bem... pra falar a verdade eu estava, sim, em dúvida sobre os vinhos.

– Ah, eu sabia. Ficam os vinhos, então, pro seu bem. O risco-país subiu dezoito por cento essa semana, e a BM&F vai de mal a pior. Enquanto a recuperação da economia americana não mostrar solidez maior do que a bolha imobiliária, melhor não arriscar, é o que falam por aí. Se eu fosse o senhor deixava também aquele queijo, dá só uma olhada no preço. Posso terminar a manguinha? Falta bem pouco.

– Claro. O queijo... Pois é, pensando bem, talvez...

– Fica o queijo também, então. Pra evitar um buraco maior no seu cheque especial, que o spread bancário não está pra brincadeira. E quem insufla isso tudo é o financiamento do setor público mais a dependência de fatores externos agravada pela crise do petróleo, é como eles explicam. Agora vamos lá, deixa eu atender o senhor. Mas vai levar mesmo esses congelados? Não prefere pensar melhor?

– Bom...

– Enquanto o senhor pensa eu faço um pedacinho da gola, tá? Como eu dizia, o superávit em conta corrente e as cotações das commodities não vão se sustentar se a China pisar no freio do crescimento. E o que se projeta é que o Greenspan aumente em breve os juros primários, estancando o fluxo de investimentos para os países emergentes. Olha só o preço desse macarrão, não vou deixar o senhor ser assaltado desse jeito, vá por mim. Deixe ali, que eu já vou terminar essa carreira e lhe atendo. Então, se a dívida líquida interna não vai ser abatida pelo aumento de carga tributária, teremos que aguardar pelo comportamento do mercado de títulos frente a nova situação, pelo menos é isso o que se comenta. Pronto, agora vamos lá. Uma margarina e...

– A margarina também fica. Mas deixa eu lhe perguntar uma coisa, como é que a senhora conhece tanto de economia?

– Vai só o pãozinho, é? Faz muito bem. Sabe, moço, trabalhei anos num supermercado de Brasília. Aprendi muito só de ouvir os fregueses, aprendi inclusive que quanto mais eles explicam, pior a coisa fica. Enquanto isso, a gente é que trabalha e, sabe-se Deus como, arruma o que vestir e o que comer. Guarde o seu troco, moço, e tenha um bom dia.

Extra Classe, junho de 2004

As cidades invisíveis

As cidades invisíveis é livro de beleza fundamental. Sob a forma de breves e mágicos relatos nos quais Marco Polo descreve a Kublai Khan os recônditos das conquistas territoriais do imperador, Italo Calvino constrói na verdade um maravilhoso poema sobre o humano e o civilizatório. São todas mulheres, em seus nomes, as Cidades de Isaura, Ercília, Clarisse ou Armila, quaisquer das exatas 55 delas, agrupadas e interpostas em uma teia matemática de relações-título entre as cidades e a memória, o desejo, o olhar, os símbolos e outras tantas. As descrições são por vezes de se perder o folêgo entre bailéus, bífores e lanceolados mas, tal como o ouvinte a que se dirigem, não demora o leitor em perceber que se trata menos de inventariar uma construção do que de extrair-lhe significado. Muito embora bem pudesse lembrar-nos aqui o viajante veneziano de que uma coisa simplesmente não existe sem a outra.

Kublai Kahn pede a Marco Polo que lhe narre o império sob seu domínio porque já não o consegue abarcar, crendo que passaria a possuí-lo de fato ao ouvir listar-se a última de suas riquezas, o derradeiro detalhe da geografia física que subjugara. O outro, ao contrário, devolve ao imperador o avesso do avesso das cidades, relatos onde as relações entre os habitantes tomam a forma de palácios suspensos feitos de vidro e alumínio e antepassados, vielas, balaustradas e episódios improváveis, arquiteturas superpostas e subterrâneas da alma humana. Aos poucos, o Grande Khan passa a compreender a matéria fina sobre a qual se está discorrendo, em que mesmo a dúvida de que o Marco Polo de Calvino (e também o seu ouvinte) tenha viajado o mundo todo ou jamais saído do lugar perde relevância, acomodada como dois lados de uma mesma moeda.

É no rumo de um paradoxo vital, a abrir cada capítulo do livro, que se narra o embate direto entre os dois personagens. Ali se encontram talvez as mais belas passagens, a rivalizar com as descrições das Cidades, em diálogos que se propõem a um silêncio, postulados que carregam o leitor porta adentro de espelhos em que o incompreensível passa a fazer todo o sentido. "Acabamos de demonstrar que, se nós existíssemos, não existiríamos", diz o Grande Khan, num desses momentos. "Ei-nos aqui, de fato", responde o navegador. Uns e outros não existem senão no que para uns e outros são, como em outra bela e já famosa passagem em que Polo descreve uma ponte, pedra por pedra. Instado a dizer qual delas sustenta a ponte, explica ao imperador que nenhuma pedra, e sim o arco formado por elas. Khan replica, então: "Por que falar das pedras? Só o arco me interessa". E Polo: "Sem pedras o arco não existe." Em tempos de virtualidade, em que o outro comparece o tanto que desaparece, e em que por vezes se pretende que nada mais seja intangível, este livro é de uma concretude tão indispensável quanto o ar que respiramos.

Caderno Cultura, *Zero Hora*, junho 2004

As memórias de Alexandre

Ofuscado pela exagerada homenagem prestada aos sessenta anos desse compositor obscuro de nome Chico Buarque, um episódio vital para o país passou-se quase em segredo. Dele só me tornei ciente porque, zapeando ao léu na TV, dei de cair por instantes em um programa de auditório. E eis que ali se apresentava, com seus tríceps e dragões tatuados, o grande Alexandre Frota, mítico imperador de todos os hunos tropicais celebrizados, excelso soberano do novo sexfunk do subúrbio, Jeová em pessoa – e inacreditavelmente Ele hesitava em responder a uma pergunta do apresentador. Ora, por Tutatis, balbuciei estupefato, que pergunta poderia ser essa? Que espécie de dúvida atravessaria toda a extensão reflexiva de tal ser sem receber de imediato, em retorno, um apontamento do caminho e da verdade para os súditos?

"Com quantas mulheres você já esteve?" – ainda bem o apresentador repetiu a pergunta, e aí compreendi que não se tratava propriamente de uma dificuldade de ponderação ou falta de conhecimento. Apenas estava, o Grande Alexandre, a contabilizar uma eternidade de cópulas, festins, concúbitos e similares que, convenhamos, não se encontraria mortal que as inventariasse com maior presteza. Suspensa no ar, tal como a respiração da platéia, a resposta tomou ares de oriental sabedoria antes de revelar-se também na forma de um questionamento:

– Sei lá... umas setecentas, talvez?

Então, "Óóóóó...", deixou-se exclamar a platéia, e não se distinguiria nesse clamor júbilo ou desprezo, de fato. Compreendi de imediato que, fosse a cifra algumas centenas mais modesta ou um milhar mais abrangente, produziria a mesma reação. O choque, o espanto, a comoção se davam apenas pela inexatidão da resposta, percebem? Se Ele houvesse dito "até este momento, 698" ou mesmo "estou em dúvida entre 704 e 705, por conta de umas siamesas", tudo estaria bem. Mas o que resta de esperança, qual zênite de fé mirar quando a memória de Deus já não consegue abarcar cada ovelha de seu rebanho? Ou, posto de outra forma: imagine-se que diacho de futuro celebrará um dia, sem o Chico, a velhice do Alexandre Frota, este que já não acerta sequer a conta daquilo que o outro canta, puxa vida, como ninguém.

Extra Classe, julho de 2004

Levando longe demais

Foi uma semana de seqüestros-relâmpago na Cidade Baixa e no Bom Fim e também de tiroteio entre PMs e assaltantes aqui na Auxiliadora. Sempre que isso acontece, sempre que a violência respinga em redutos e personagens outros que não os habitualmente freqüentados por ela, acende-se um sinal de alerta. "A coisa está chegando perto demais de nós", foi a frase que mais ouvi e que também pronunciei. Mas que "coisa" é essa senão a mera realidade? E quem seremos "nós", então, que sonhamos estar a salvo dela?

Se o cidadão é por acaso um jovem negro pobre, morador da periferia de uma grande cidade brasileira, ninguém precisa lhe dizer que a "coisa" está realmente muito por perto. No Brasil, quarto país do mundo no ranking de homicídios, o tráfico mata e muito, a polícia mata e muito, mas os alvos são pouco diferenciados entre si. Se tomarmos apenas a porção abastada da sociedade, se analisarmos o Rio de Janeiro a partir do Leblon e de São Conrado, os índices são quase insignificantes. Em favelas logo ali ao lado, ultrapassam os da Colômbia, país em guerra civil declarada.

Isso não é de hoje, claro, há décadas essa situação vem se acirrando, e talvez por isso mesmo produza cada vez menos comoção pública, contanto que se restrinja ao seu mundo morro acima. Quando por instantes desce ao asfalto, quando uma bala perdida atinge algum de "nós" – aí então o horror, o ápice inaceitável da violência, a cobrança de que o Estado tome providências urgentes. Afinal de contas, é essa a função primordial da polícia brasileira, manter os miseráveis longe dos portões do castelo a qualquer preço.

Mas o Estado, sempre cego e incompetente no trato desse mingau de cultura fervilhante, ali nem sequer apita mais, e a polícia cumpre a destinação que lhe deram simplesmente atirando antes de perguntar e corrompendo-se para melhor sobreviver. Acreditar que tal situação perdure indefinidamente, sem que o mingau escorra pela borda da panela e morro abaixo, é pura ingenuidade. Ou obstinação doentia. Se a elite brasileira aceitasse entregar um mínimo que fosse dos seus anéis para não perder os dedos, se houvesse reles meia intenção séria de uma distribuição de renda justa, de investimento social, de educação como prioridade, de paulatina inclusão dessa maioria absoluta da população brasileira que vive entre a pobreza e a miséria, então já estaríamos trilhando o caminho do desarme e da não-violência. Do contrário, ninguém tem como se queixar de que ela esteja se aproximando, nós é que estamos levando a coisa longe demais.

Zero Hora, 5 de julho 2004

Perguntem ao gato

Cresci numa época e num ambiente em que contestação era palavra-chave. Para qualquer idéia de autoridade que ousasse se manifestar, imediatamente era providenciado um antídoto. Bem compreensível, perante a insuportável realidade do autoritarismo pisoteando gerações e fermentando um silente e enorme não a tudo que o pudesse representar. Em dado momento, creio que essa negação quis abolir o próprio pensar, estabelecendo a comunhão com uma natureza ideal, pacífica e primaveril como o estado de alma a ser perseguido através de variadas poções mágicas. E, mais adiante, o politicamente correto tratou de normatizar essa submissão à liberdade com soluções realmente do arco-da-velha. Estou falando de forma genérica, para chegar a um ponto bem específico: o Atirei um Pau no Gato.

A tenebrosa versão da música que hoje se ensina às crianças ("Não atirei um pau no gato / Porque isso não se faz /...") parece ser um subproduto dessa contestação cega, já de saída acrescentando um não ao início da letra. Alegam os defensores da idéia que a versão original sugestionaria a criança a cometer atos de violência contra animais. Supondo, então, por essa tese, que o infante ouvinte venha de fato ater-se ao sentido literal da frase, pergunto: fica a imaginar o quê, alguém a quem do nada se notifica que não se cometeu uma barbárie? Que tal acrescentar a esse cancioneiro pedagógico coisas como "Não toquei fogo no cachorro / porque ele é legal" ou "Não enforquei o coelhinho / porque ele é bonitinho"?

Ainda antes disso, suspeito que a letra original, toda ela, cumpra uma função simbólica para a criança que a canta (e frisa sílabas finais como, "tô-tô", "(r)eu-eu", "cá-cá"), da maior importância e vitalidade. Se não tenho como avançar nesse território com a segurança de pedagogos e psicólogos, tenho pelo menos a evidência de que a canção atravessou intacta em seu sucesso um sem-número de gerações. E quem disse que ela algum dia, em algum lugar do universo, induziu um pivete a jogar um toco de madeira num bichano? O gato prestou queixa? Melhor, alguém se lembrou de consultá-lo? Que se faça isso, então, garanto que ele prefere a música como sempre foi. Até porque, como é inevitável que muitas crianças continuem aprendendo e cantando a versão antiga, essas facções de baixinhos politicamente corretos e incorretos vão acabar se batendo na cabeça – com o pobre do gato.

Zero Hora, 19 de julho de 2004

***

Ataquei de pedagogo musicista, na última coluna, cometendo dois erros imperdoáveis. Primeiro, atira-se o pau – e não um pau – no gato. Segundo, a versão politicamente correta da música altera o tempo do verbo, de "atirei" para o imperativo "não atire". Imperdoável, mas duvido que a república esteja a perigo por conta disso. Se jornal da véspera enrola peixe, como dizem, imagine-se a coluna de duas semanas atrás. E o mérito da questão continua o mesmo, segue valendo o que escrevi e que o peixe leu antes de virar ensopado.

Zero Hora, 2 de agosto de 2004

Parece que foi ontem

Alguém precisa resolver essa questão da aceleração do tempo. Não é possível que os dias continuem encurtando desse jeito sem que o governo tome uma atitude ou que a ONU intervenha para estancar o processo. Com semanas passando cada vez mais rápido e o mês voando sem que a gente perceba, um belo dia vamos consagrar aquela expressão "parece que foi ontem" a qualquer coisa acontecida – terá sido tudo ontem mesmo. E o belo dia pode ser amanhã.

Calcula-se que a última década tenha durado oito anos e meio, na média, ponderando as especificidades regionais e distorções atribuídas ao efeito estufa. Aqui em casa, posso garantir, foi bem menos. Tenho plena consciência de que uma hora não é mais uma hora há já bastante tempo e que inclusive bastante tempo não é tempo o bastante há horas. Por exemplo, uns meses atrás recebi a notícia de que ia ser pai, e agora me dizem que esse toquinho falante aqui no pé da minha cadeira tem um ano e meio de idade. Obviamente ninguém vai me convencer de que essa contagem se dá pelo sistema antigo, em que o ano tinha 365 dias e o dia as suas 24 horas, que aliás eram mais do que suficientes para a gente trabalhar, estudar, ir ao cinema, arrumar a casa, jogar conversa fora ao telefone ou no boteco e ainda encarar um madrugadão na TV. Não, não, algo me diz que a curvatura espaço-tempo precisa de um ortopedista tanto quanto a minha coluna vertebral.

Consta que Einstein, em cartas a sua primeira esposa, Mileva Maric, referia-se à formulação da teoria da relatividade como "o nosso trabalho", o que deu origem a uma polêmica sobre a real colaboração da esposa – que brilhante cientista não era – nas suas descobertas. Hoje pode-se deduzir sem receio que o "trabalho" a que se referia Einstein era a criação dos filhos do casal, tarefa legada exclusivamente à mulher, e que foi observando os pimpolhos crescerem que todos os insights da relatividade ocorreram ao pai. Livre de atribulações com mamadeiras e fraldas, pôde dedicar-se por inteiro a sistematizar em equações a magia da vida que via desabrochar sob os cuidados da Mileva.

Mas isso foi lá no tempo em que a relatividade era só uma teoria. Não é mais: agora mesmo olhei no relógio e vi que a última hora se passou em 45 minutos, e se eu não mandar logo essa coluna vou descobrir pelo César Fraga (editor do *Extra Classe* e pai fresco como eu, não vai aceitar fraldas como desculpa) que o meu tempo não apenas era relativo como se foi de vez.

Extra Classe, agosto de 2004

A honra do Alabama

Seria um enredo bem presumível de hollywoodiana sessão da tarde se o festival deixasse de premiar um trabalho de artistas negros e, denunciado por racismo, o júri branco se apressasse em defender a decisão, o festival – e a honra do Alabama. Mas foi tudo ao contrário. Filhas do Vento arrebanhou metade dos kikitos do Festival de Gramado 2004 sendo unanimidade de júri, público e crítica. Aí Rubens Ewald Filho, justamente quem presidira a escolha, dá a entender que se forjara um fato político confrontador do cárater racista do Rio Grande do Sul. Segue-se que a equipe do filme – diretor e atores negros – passa a defender o estado de tal acusação, em meio ao seu repúdio pelo arranjo sugerido. Não sei se algum estúdio compraria esse roteiro, por inverossímil.

Já não se fazem racismos como antigamente. São, pelo menos, sinais invertidos de um mesmo descaminho, e portanto indícios de que algo ali se moveu. Há toda uma rede de dispositivos legais, mecanismos de constrangimento, quebras sistemáticas de barreiras sociais que impedem o preconceito racial de se manifestar publicamente com a lepidez e a impunidade de tempos passados. Mas não significa que tenhamos nos aproximado um mínimo, sequer, de resolver de fato a questão.

O filme de Joel Araújo, que não vi, dizem tratar entre outras coisas do bloqueio estigmatizante dos atores negros no seu mercado de trabalho. É realidade ululante, ligue-se a TV, e que pode ser transferida para qualquer outra profissão. Curioso é pensar que, no episódio de Gramado, se possa ter tentado reproduzir essa mesma segregação, estigmatizando uma condição negra no sul do país e bloqueando os méritos vitoriosos do filme na sugestão de um gesto concessivo do júri. Nessa compaixão exacerbada e vitimização da condição do outro, pergunte-se que lugar o cara-pálida pretende para si.

Do mesmo modo, achei dispensável a defesa que a equipe do filme fez do Rio Grande do Sul, relacionando álibis de uma nossa suposta isonomia racial. Se o filme é o que parece, se Joel Araújo faz de seu trabalho um meio de denúncia, estaria melhor sublinhando que, em matéria de racismo, todo o Brasil tem muito a resolver. O Rio Grande do Sul, que por vezes se pretende um país à parte, quem sabe não tem ainda mais.

Zero Hora, 30 de agosto de 2004

Muito além do jabá

Sony, BMG, Universal, EMI e Time Warner são – ou eram, até há pouco – conhecidas como as cinco majors da indústria fonográfica mundial. Ao longo das últimas décadas, incorporando dezenas de outras companhias e selos como CBS, Polygram, RCA, Columbia, Atlantic, Motown, A&M etc, passaram a representar três quartos de um mercado estimado em 30 bilhões de dólares/ano. Sob o argumento de impedir uma concentração ainda maior, em meados do ano 2000 a comissão regulatória da União Européia negou pedido de fusão pretendida pela EMI e Time Warner.

A mesma comissão, no entanto, no último mês de julho aprovou sem ressalvas a fusão entre Sony e BMG, preparada desde o final de 2003. Os detalhes da decisão estão ainda protegidos por um direito ao sigilo corporativo, bloqueando a possibilidade de recurso por parte de produtores independentes. De imediato, amparadas no precedente, a EMI e a Warner anunciaram a retomada de negociações. Ou seja, em futuro próximo, poderemos ter apenas três corporaçoes dominando 80% do mercado fonográfico de todo o mundo. Três? Bem, a Universal é dona de 25 milhões de ações da Time Warner que, por sua vez, arrasta a combalida American OnLine em parceria com a BMG, esta no comando do braço europeu da empresa. Entre quem joga golfe com quem, sabe-se lá se sobra alguém.

A indústria atribui à pirataria e à internet as sucessivas quedas nas vendas de CDs dos últimos anos, que apresenta como justificativa para as fusões, demissões em massa de funcionários e redução drástica de investimentos e do cast artístico. Outras tantas teses vêm refutar essa idéia: estudos demonstrando que o download de músicas tem pouca ou nenhuma influência e que as corporações, envolvidas também em outras áreas do entretenimento e da tecnologia, têm elas próprias desviado a atenção e o bolso do consumidor para videogames, DVDs e variadas traquitanas digitais que entulham as vitrines do novo século.

Por aqui, e pode-se dizer no mundo todo, também festeja-se uma valorização da produção independente, vinda a reboque dessa propalada crise. É comum dizer-se, no meio musical, que não existem mais grandes gravadoras, numa referência à parca produção e ao rescaldo artístico das multinacionais. São poucos os artistas respeitados como tal que ainda pertencem ao cast de alguma delas, concentradas em apostas de grande potencial de vendas, ainda que carentes de dublagem. Alguns números impressionam: no primeiro semestre deste ano, foram quase trezentos lançamentos de pequenas gravadoras e produções independentes – cinco vezes mais do que as majors somadas. Outros números são desconcertantes: as vendagens de uns e outros têm exatamente a proporção oposta. Há quem diga que bastaria abolir o jabá para resolver essa questão. Há quem diga que se precisaria abolir o golfe.

Zero Hora, 27 de setembro de 2004

Todos de presente

Outro dia li um anúncio pirata em que se oferecia um pacote de alguns poucos CDs contendo duas mil músicas. Achei graça, porque não se dizia ali que músicas eram, nem sequer de que gênero musical se tratava. A oferta não apenas era a preço de banana, uns trinta reais, como também reduzia a bananas, a mera quantidade, aquilo a que normalmente se atribui um valor cultural e personalizado. Algo assim como comprar dois metros de livro verde ou vermelho para preencher espaço numa estante. Uma estante, no caso, que não pára de crescer.

Quando feliz proprietário de um PC XT, há pouco mais de uma década, meu sonho de consumo era um disco rígido de três megas, então uma enormidade em matéria de armazenamento de dados – a música nem sequer havia entrado nessa pauta. Hoje um player Apple iPod de 40 GB (treze mil vezes o tamanho daquele sonho) comporta dez mil músicas em formato MP3 de ótima qualidade. Mesmo considerando que essa progressão tenha seus limites, é bem razoável imaginar que em mais dez anos toda a produção musical da humanidade caiba no bolso da camisa.

Paralelo a isso, a distribuição digital de música e outros conteúdos através da internet vive o seu maior momento. É verdade que a indústria fonográfica vem processando usuários e empresas de softwares na tentativa de barrar os downloads gratuitos, ao mesmo tempo em que crescem a oferta e a venda legal de música pela rede. Mês passado, o iTunes da Apple celebrou cem milhões de singles vendidos em um ano e meio de funcionamento. Outros tantos serviços do gênero pipocam mundo afora, ainda que um pouco emperrados, como o iMúsica brasileiro. Questões de direito autoral estão por serem resolvidas, há alguma resistência por parte de artistas e de setores da indústria, e a internet de acesso rápido é um mercado ainda bastante restrito por aqui.

Mas é difícil imaginar, na medida em que essas tecnologias vão se popularizando, como se há de impedir que a pirataria siga seu faceiro caminho, tão intrínseco ao mundo digital. A distribuição legalizada de conteúdo pressupõe algum tipo de autenticação protetora que impeça a reprodução em série do que for baixado. No caso da versão 4.5 do iTunes, por exemplo, custou ao hacker australiano David Hammerton apenas oito horas para quebrar esse código. Junte-se a essas habilidades o anonimato e a dificuldade de rastreamento numa rede mundial, a crescente velocidade de acesso, a já referida capacidade de armazenamento das mídias, e talvez, num futuro próximo, você não precise se preocupar em escolher um disco para dar de presente – dê logo todos que existem duma vez só, não vai lhe custar nada.

Extra Classe, outubro de 2004

Olimpíadas

Agora sei como se sente o Vanderlei, nosso maratonista lá em Atenas. Escalado para a olimpíada escolar da Amigos do Verde, na qual os pais da pimpolhada também exibem sua destreza física, encarei com galhardia uma corrida de fundo – mais de quinze metros – e, próximo do final, fui traído por um lapso imprevisível, evidente produto da pista escorregadia. É sempre chato estatelar-se em público, admito. Sem falar em joelhos ralados e dores musculares. Mas é preciso mensurar com eqüidade esportiva as probabilidades que, no caso, determinariam inclusive a totalização geral de pontos do torneio.

Mesmo que se insinue, ou que se diga, vá lá, que no instante da fatalidade eu buscava fugir ao último lugar enquanto o primeiro já cruzava a reta de chegada, quem pode presumir com segurança o que teria acontecido não fossem aqueles decisivos segundos perdidos no trambolhão? Quem pode garantir peremptoriamente que, com um salto tríplice recordista ou um fantástico duplo twist esticado, eu não teria sobrevoado os metros que faltavam e vencido a prova? Tal como em Atenas, como julgar sobre o imponderável para decretar que uma enorme injustiça não foi cometida?

A Equipe Verde foi a vencedora da olimpíada, contra a nossa Equipe Laranja, por uma estreitíssima margem de pontos. Se considerarmos também um pênalti não marcado no jogo de futebol das mães – ainda que não se distinguisse exatamente quem estava atacando quem –, o episódio ganha relevância definitiva, e qualquer tribunal de justiça desportiva isento consideraria uma reversão do resultado e da outorga do título em nosso favor. Acho que, nesse Dia da Criança, os pais laranjas devemos nos declarar também moralmente campeões. Mesmo porque todos os pequenos atletas, de ambas as equipes, receberam medalha de ouro e a escola, que ostenta ambas as cores, é quem mais está de parabéns.

Zero Hora, 11 de outubro de 2004

Um parágrafo, duas bananas

Parei de beber. Não que andassem me recolhendo da calçada para um abrigo nas madrugadas, mas o hábito já andava me incomodando há tempos, toda noite algumas doses e uma leve enrolada de língua, toda manhã uma ressaquinha impertinente. Então cortei de vez. Sábia decisão. Além de me habilitar a uma carreira evangélica, posso informar aos interessados que a recompensa é substancial, a sensação é apaziguadora e a saudade muito pouca. E minha filha agradece, que ao invés de uma happy hour no boteco ganhamos uma hora a mais de convivência em casa, além das mamadeiras da manhã saírem com muito melhor humor.

Missão cumprida, nessa matéria, outra imediatamente se impôs: vou parar de fumar. E outra, logo em seguida: vou cuidar melhor da alimentação. E mais uma: vou começar a malhar. E também, em seqüência: vou botar a leitura em dia, vou plantar hortaliças no quintal, vou aprender a tocar bateria, viajar para a Patagônia ano que vem, fazer uma faxina geral na despensa, correr a São Silvestre em 2007, responder oitocentos e-mails não respondidos, abrigar a delegação da Letônia no Fórum Social Mundial e inventar um software de interpretação de latidos. Sábias decisões. Mas quando cheguei nesta última, acordado pela cachorrada aqui da rua, vi que estava com um cigarro aceso na mão.

Esse, sim, um viciozinho dos brabos. É o único, entre lícitos e ilícitos, que me resta vencer. E vou vencer. Mesmo que isso exija uma concentração absoluta de forças, e que a Patagônia tenha que esperar um pouco mais. A parada é muito dura, não tenho dúvidas. Escrever, por exemplo, é coisa que eu não sei fazer sem fumar. Vou ter que aprender e talvez compensar a falta do cigarro, por uns tempos, com um pacote de bolachinhas ao lado do micro, no lugar do tradicional cinzeiro. Dê-lhe biscoitinho, um pacote por coluna. Decerto as primeiras ainda vão sair um tanto trêmulas, versando sobre assuntos como "a vovó sentada e a geriatria no novo século" ou "Plic-Plac, Maria e Barra de Cereais, uma análise comparativa". Azar. Imagino que a abstinência dessa desgraça, desse câncer em tubinhos, seja tão intensa quanto o mal que causa e que de início a gente se sinta um tanto órfão e descontrolado, meio abilolado, talvez. Paciência. Não vou entrar nessa peleia pra empatar jogo, não. Aliás, vou começar a treinar agora. Esse último parágrafo vou escrever sem fumar.

Vejamos. Cinco minutos passados, tudo ok. Uma leve carência de idéias e nada mais. Uma certa dispersão, duas voltas pela sala, uma ida até o banheiro, meia hora sem cigarro e uma certa ansiedade, nada demais. O ritmo do texto fica bem mais lento, claro, até agora não me ocorreu como fechar, mas prossigo. Está anoitecendo, observo. E já se foram um pacote de rapadurinhas, três bombons e duas bananas. Pode ser que eu vire um néscio roliço, uma ausência de imaginação combinada com doce de leite – mas, veja só, terminei um parágrafo sem fumar nenhum cigarro. E isso é só o começo. Me aguarde, São Silvestre.

Extra Classe, novembro de 2004

Amores caninos

Deus é pai, dizem, e finalmente o Luther chegou lá também. Meu pastor alemão nascido na Tinga beira a terceira idade, na tabela canina, e mais um pouco passava pelo mundo sem conhecer a graça de uma bimbada e sem deixar prole. Nunca lhe faltou boa pinta, ao contrário, e muito menos apetite para a função, mas foram raras as oportunidades em que pôde apresentar seus dotes. Ao dono, confesso, talvez aborrecesse batalhar para o cão o que para si próprio já era escasso. Enfim, algumas chances teve, às vezes mais para o lado da chanchada que do romantismo.

A primeira desastrada tentativa deu-se com uma vizinha balzaca, de raça indefinida, e certamente passada do momento propício, pelo mau humor pré-menstrual com que confinou o jovem pretendente ao fundo do pátio e declarou-se exclusiva proprietária da água e da comida. Bastaram dois dias para que se abortasse a operação e alguns anos para tentar novamente um acasalamento sem traumas.

A segunda noiva era em tudo o oposto, meiga, amorosa, generosa com o assédio incansável do cusco, este já alucinando em sua carência de sexo. Ao longo de dois cios, estiveram juntos por mais de vinte dias como um perfeito par de apaixonados, buscando a cópula em todos os recônditos e degraus do pátio. E nada feito. Como parecia ser uma pontaria descalibrada do Luther o que melava o coito e, literalmente, o pátio todo, os donos de ambos, inconformados, partimos para a inseminação artificial em uma clínica especializada. Nada feito também e, soubemos depois, foi melhor assim. Aparentemente, a moça tinha lá bem apertados seus pudores, e se por um acaso a inseminação houvesse vingado, veja só, teria de passar por uma cesariana.

Já estava então me conformando com o destino tragicamente virgem do preto velho quando uma nova candidata apareceu. Chegou num final de tarde, sem muita conversa, sem parecer muito efusiva, embora receptiva ao amor. Nem prestei muita atenção na atividade noturna do pátio, mais preocupado estava com um dedo inchando que ainda me levaria ao pronto-socorro, tinha me metido a apartar uma rusga dos dois na hora de servir a comida. Foi-se embora no outro dia, não sem antes levar de lembrança um pedaço do supercílio do Luther, que não lhe fez falta, curou rapidamente tal como o meu dedo. Dois meses depois, a notícia, oito filhotes, alguns são a cara do pai, me informam. A cara que, só agora percebo, anda com um lampejo novo de tranqüila felicidade, mesmo quando esquece a língua pendurada feito gravata frouxa e desvia o olhar, um tanto constrangido de admitir que, a quem morder e de quem parir, são sempre e somente elas que decidem.

Zero Hora, 22 de novembro de 2004

De mentira

Shopping lotado. Junto a uma árvore de Natal gigante, uma fila de crianças acompanhadas dos pais.

– Dá o bico pra ele, meu filho. Você já é um homenzinho, não precisa mais disso.

– Não dou. E esse aí não é o Papai Noel. Ele é magro. O Papai Noel é gordão.

– Ho, ho, ho! Mas claro que eu sou o Papai Noel, meu rapaz, é que emagreci por conta de muito trabalho. Agora dá aqui o...

– Não dou. Esse aí não é o Papai Noel. E essa barba é de mentira, olha só.

– Ora, seu pivete...

– Meu filho! Volta já aqui e devolve essa barba!

– Não volto. Não dou. Essa barba é de mentira. E eu conheço ele. Conheço da televisão.

– Claro que conhece, todo mundo conhece o Papai Noel. Agora devolve...

– Mostraram a foto dele. O que fugiu da prisão. Do Melara. Ele é o Melara.

– O quê?! Não é poss...

– Muito bem, vocês que pediram. Todo mundo com as mãos na cabeça! Eu não estou brincando, isso aqui é uma nove milímetros, quem se mexer leva bala! O senhor aí, pode parar de tremer e guardar a carteira. Não quero o dinheiro de ninguém. Quero os pais bem quietinhos ali embaixo da escada rolante e as crianças em fila aqui na minha frente. Cada uma com o seu bico na mão. É entregar e cair fora, quem se meter a engraçadinho leva fogo. Assim mesmo, guri, agora pode ir lá com a sua mãe.

– Vem cá, filhinho, graças a Deus. Seu Melara, obrig...

– Melara coisa nenhuma. Meu nome é Aristides e trabalho de Papai Noel há quarenta anos. Mas nunca vi coisa igual a hoje em dia. No meu tempo, criança era criança. E quando o pai mandava, obedecia. Agora ninguém mais tem respeito. Pra tirar um bico, só mesmo apontando uma arma. Recebo meio salário, chego em casa de madrugada e ainda tenho que aturar desaforo de piá? Não mesmo. Pode vir o último, dá aqui esse bico, guri.

– Deixa eu ficar com a barba de mentira?

– Leva. Fazer o quê, essa pistola também é de mentira. Vai, te manda, e vê se te comporta.

O guri sai pelo shopping gritando "o Melara, pega o Melara!". Pano (e pânico) rápido.

Zero Hora, 6 de dezembro de 2004

Já volto

Desde a sexta-feira última, o Butão, monarquia budista encravada na cordilheira do Himalaia, tornou-se o primeiro país do mundo a proibir a venda e o consumo público de tabaco. A decisão foi anunciada como um gesto de proteção ao meio ambiente e ao bem-estar da população, bastante compreensível como tal, embora o histórico autoritário do reino – no qual os cidadãos são obrigados a usar vestimentas tradicionais e onde a televisão também esteve proibida até 1999 – sugira que nenhum plebiscito tenha sido feito para decidir sobre mal ou bem-estar.

Talvez faça parte das preocupações do governo local o vigor físico de seus atletas, que não há de ser fácil o treinamento esportivo em uma cadeia de montanhas com picos de mais de sete mil metros de altitude. Comprova-o o retrospecto futebolístico do país, a dividir as duas últimas posições do ranking da Fifa com a ilha caribenha de Montserrat, a quem, aliás, venceu por quatro a zero em recente disputa. Venceu, mas certamente não convenceu. Também não se tem notícia de uma predileção nacional pelo chamado futebol de mesa ou – desculpe – de butão.

Enfim, assegura-se que os fumantes butanenses ainda podem puxar suas tragadinhas no conforto do lar, sem que por isso paguem pesadas multas ou tenham suas cabeças decepadas. Mas, se a venda é proibida, impõe-se perguntar, em tais montes fronteiriços à Índia e à China, cobertos de densas florestas habitadas por tigres e ursos selvagens, em que a telefonia inoperante não permite sequer sonhar com uma telentrega, em que a presença de turistas não é bem-vinda e portanto não se encontrará de quem filar uma bituca de Marlboro, pergunte-se então – o que se faz quando o cigarro acaba?

É o que estava por descobrir o camponês de Butão que, no último sábado, já com um pé fora de sua choupana, deteve-se para tranqüilizar a mulher, consternada ao ver o marido ausentar-se em tão gélida madrugada.

– Vou ali no Tibet comprar cigarros e já volto.

E, desde então, não foi mais visto.

Zero Hora, 20 de dezembro de 2004

TRÊS

Alardear a decisão de parar de fumar é quase sempre arriscar o pouco crédito. Mas arrisquei, publicamente e por escrito, e mantenho essa vitoriosa promessa até hoje, sem sinais de fumaça no horizonte. De quebra, esse assunto, entre outras trivialidades, ajudou a temperar nas crônicas a dureza de 2005, ano que já iniciara sob os horrores do tsunami no sudeste da Ásia – e do segundo mandato de George Bush. Também no Brasil, uma avassaladora onda de denúncias põe à prova o governo reeleito de Lula, no escândalo do mensalão. A partir de maio, a temporada de furacões no oceano Atlântico sucede-se em série histórica, culminando com milhares de mortos na inundação e no flagelo de New Orleans. Em 7 de julho, bombas explodem em atentado da Al Qaeda ao metrô de Londres, deixando 56 mortos e centenas de feridos. E a França, que meses antes rejeitara em plebiscito a nova Constituição européia, abrindo uma crise no bloco da União Européia, ao final do ano vive semanas de violência nos subúrbios, com milhares de automóveis e prédios públicos incendiados. Pensando bem, não sei como atravessei aquele 2005 sem um cigarrinho.

Mas aqui estamos e ficamos, ou melhor, ali em 2006, onde o livro se encerra com um texto publicado no Caderno Cultura de Zero Hora, *reminiscência inspirada pelo filme* O ano em que meus pais saíram de férias, *de Cao Hamburger, e arremate apropriado a toda essa cronologia. Que seja futuro o melhor que se puder imaginar agora, e que nos sirva esse olhar sobre os ombros, de tempos em tempos, para conferir de onde se veio, para estar seguro do que é nosso desejo e também daquilo que se espera jamais, em tempo algum, venha a se repetir.*

Buraco de tatu

Diz que a Saúde andava batendo pelo interior atrás de contaminação microbiana de poços. Chegou no rincão do guasca, fez exames, ofereceu todas as explicações. Aí o distinto olhou bem pro técnico do governo e lascou: "Doutor, respeito muito seu estudo, mas o maior micróbio que eu conheço é o tatu, e ele cava quando muito dois metros. O meu poço tem nove." Boa, hein? Ouvi do Vinicius Corrêa, do Batuque de Cordas, que jura ser verdade, dúvidas e copyright pra ele. Seja como for, pra mim faz todo o sentido, também nunca vi micróbio maior que o tatu, e capincho não conta, não tem casca.

É no que dá estudar demais, esses técnicos do governo pensam que sabem tudo mas muitas vezes não conhecem nada da realidade local, que é o que realmente importa. Lá no Maranhão, por exemplo, tiveram de aprovar uma complementação orçamentária para que a ligação vicinal Araras-Monte Verde fosse concluída, a verba inicial não fora suficiente. E a complementação parece que também não foi, porque meses depois se aprovou outra verba para o mesmo trecho de estrada. Depois disso, então, a fiscalização esteve no local e atestou a conclusão da obra. Em todo esse processo, ninguém deu atenção ao detalhe de que tanto o povoado maranhense de Araras quanto o de Monte Verde jamais existiram, e para tanto não seria necessário nenhum estudo, bastaria consultar os moradores da região, os quais diriam também que por ali, de vicinal, só se viu buraco de tatu.

Esse é o Brasil que adoramos dizer do Severino, do outro, do pobre nordeste, sugerindo que aqui no educado e politizado sul as coisas seriam diferentes. Não são, são apenas mais sofisticadas, requer certa especialização aos crápulas sacanear um povo com nível médio de educação, mas há enorme oferta de bons cursos, estágios e empregos públicos nessa área. Não deve ser preciso cavar mais de dois metros, até um tatu é capaz de descobrir nesse brioso Rio Grande a mesma locupletação e desvio de função do Estado que nos grotões nordestinos são feitos a céu aberto e talvez com menos hipocrisia. Contra esses micróbios sociais, a sabedoria popular é arma muito frágil, algumas vezes acerta, outras nos diverte, mas não elege nem fiscaliza com consciência e informação. Pra certas coisas, estudar nunca é demais.

Extra Classe, abril de 2005

Malha fina

Abri o mail e apareceu o logotipo da Receita Federal. Querem que eu corrija um erro no preenchimento da declaração de renda. Está escrito "clique aqui para visualizar os seus dados". Hmm. Não sei, não. Costumo desconfiar desses avisos. É como dizem, mantenha o antivírus atualizado e livre-se de mensagens suspeitas. Mas essa me deixou encucado. E se eu caí mesmo na malha fina? Com toda essa função em Brasília, CPI da corrupção e outras mais, devem estar querendo mostrar serviço. Vai ver algum Eliot Ness achou jeito de me apanhar investigando minha vida nababesca de sonegador.

Anos atrás, recebi uma mensagem de um príncipe. Ao menos assim se intitulava Alhaji Abacha, filho de Sanni Abacha – ex-ditador nigeriano famoso por sua crueldade e por enfartar nos braços de prostitutas indianas –, em seu pedido de ajuda. A morte de seu pai precipitara o levante e a instalação de um novo regime no país, e a fortuna de sua família estava a perigo. Queria o número da minha conta bancária pra fazer um depósito. Que eu fizesse o favor de guardar vinte milhões de dólares pra ele por uns tempos.

Achei estranho. Por que teria sido justamente eu o escolhido? Nunca antes ouvira falar de Alhaji, jamais estivera na Nigéria. É certo que meu endereço eletrônico corria mundo, pela quantidade universal de propagandas e ofertas absurdas que recebia. Mas não compreendia como pudera me tornar confiável, aos olhos de alguém tão distante, a ponto de me creditar a guarda de tal valor. De todo modo, respondi a mensagem agradecendo pela lembrança do meu nome, mas sugerindo que o dinheiro fosse imediatamente destinado a reparar um mínimo das atrocidades cometidas pela ditadura de Abacha.

Agora isso, da Receita Federal. Estou com vontade de clicar ali pra ver no que é que dá. Mais provavelmente, dá num vírus ou cavalo de Tróia do qual o sujeito só se livra reformatando o disco rígido. Ou não, vai ver é mesmo a Receita Federal, aliás querendo saber por que é que eu não declarei o valor de vinte milhões de dólares depositados em meu nome numa conta-poupança do Banrisul.

Zero Hora, 23 de maio de 2005

Parece mas não é

Vai parecer precipitação, dito assim pouco mais de um mês depois do último cigarro, mas o fato é que parei de fumar. Há quem sugira que se espere dois anos antes de fazer tal afirmação. Posso colocar de outra forma, então, que até mais me agrada – simplesmente, eu não fumo. Aliás, nunca fumei. Aquele que não passava meia hora do dia sem acender um cigarro, aquele que estava condenado a carregar um pacotinho e um isqueiro para onde quer que fosse, aquele que acumulava problemas respiratórios e circulatórios, que não tinha fôlego para nada, que habitava todas as estatísticas funestas de incidência de câncer no pulmão e na laringe, aquele era outro. E foi esse outro quem parou de fumar. Eu, simplesmente, não fumo.

Mas isso também pode parecer coisa de cristão-novo, alardeado assim dessa maneira. Como também parei de beber (o que no meu caso era um forte pré-requisito para largar o cigarro), já andam perguntando o que mais pretendo deixar de fazer, e se por acaso Jesus encontrou um lugar no meu coração. Nada disso, e não pretendo virar apóstolo do Ministério da Saúde, nem esqueci o quanto podiam se tornar chatos alguns ex-fumantes, a ponto de fazer a gente pitar em dobro só pra exorcizar aquela preleção beneditina. Aliás, nessa matéria estou seguindo os passos de uma conhecida que já há muitos anos largou o vício. Tal como ela, não censuro ninguém, tampouco evito ou fujo de lugares e tribos de fumantes. Ao contrário, tiro proveito, encosto do lado e sinto o cheirinho, hmm, é bom sentir aquele cheirinho.

Sei que isso pode parecer masoquismo, ou uma certa temeridade da minha parte, mas não me causa nenhum frisson especial e nenhuma saudade, pode acreditar. Porque, em mim, enquanto fumante, não se tratava de um cheirinho. Era, sim, um fedor. Era, sim, uma crosta de alcatrão que se instalava nas narinas, nas cordas vocais, nos alvéolos. Era, sim, uma nuvem de fumaça que estava sempre ao meu redor, impregnando a minha casa, as minhas relações, o meu bem-estar, a minha felicidade. Nunca fui um fumante feliz. Fumei durante 28 anos ininterruptos, uns 27 deles altamente contrariado e de mau humor. Claro, ser escravo de tal vício representava não apenas enormes danos à saúde mas também uma permanente sabotagem ao meu trabalho de cantor. Então, tinha vários e bons motivos para me livrar dessa praga. E consegui. Parei de fumar. E isso até parece mentira, mas não é.

Extra Classe, junho de 2005

De cercas e cercos

Não acompanhei, no noticiário recente, a série de degolas e estripações que trouxe à baila, mais uma vez, a proposta de cercamento da Redenção. Deve ter sido uma coisa terrível. Fosse por conta somente do corriqueiro vandalismo e de assaltos noturnos, é claro, esse debate não prosperaria. A não ser que se pretenda falar também, e por coerência, em cercar o centro da cidade, o morro de Santa Teresa, toda a Zona Norte. De fato, sob certas concepções de proteção social, Alvorada, por exemplo, seria interditada por muro e cerca elétrica, fosso e guaritas, com visita e banho de sol restritos aos moradores de bom comportamento.

Mas admita-se a oportunidade do assunto. Em meio a ameaças de ruptura institucional no país e de abalo nos alicerces da União Européia, sem mencionar outras quantas quizumbas pertinentes à própria segurança pública farroupilha, percebe-se que é de cercas e de cercos que se está falando, em qualquer desses casos. Uns e outros alvoroçados, nesse momento, no Congresso Nacional ou na Europa – passando pela feirinha de sábado na José Bonifácio –, tratam de circunscrever seus interesses, e defender-se do assédio iminente cercando trincheiras inimigas. Bem ao gosto da época, emancipada de pruridos da modernidade, a idéia de vanguarda agora é postar-se com o tacape na entrada da caverna. Da caverna do vizinho, bem compreendido, no que se poderia chamar de atitude de legítima defesa preventiva.

Em todo caso, há também uma sintonia positiva nisso tudo. A instituição do plebiscito, que aqui viria a decidir sobre o cercamento dos parques e que vem determinando o futuro da constituição européia, é algo muito interessante. Talvez seja a mais exata aferição da vontade popular que se possa obter, hoje facilitada por avanços tecnológicos e no futuro viabilizada em tempo real. O plebiscito, ao menos, revoga a possibilidade e a mania de se culpar intermediários, como na democracia representativa. Quem não gosta do que eles fazem no Congresso nem sempre se lembra de que foram eleitos por todos nós. Se a população acha que se deve cercar um parque, melhor que seja seu voto direto a declarar isso. E que depois se queixe pro bispo, quando ficar presa do lado de dentro.

Zero Hora, 27 de junho de 2005

Tríceps

Agora também ando malhando, pra não deixar que a adiposidade tome conta, e bem entusiasmado, aliás, entre esteira, musculação e alongamentos, aprendendo tudo sobre tríceps e tibiais. Nada como um banho restaurador depois da academia, a alma da gente fica nova e perfumada. Por outro lado, quando já se está pronto para ele, suado, pelado e de sabonete na mão, e se descobre que faltou água, aquela mesma alma fica assim meio arroxeada, meio belzebu de tão tiririca. Sendo a segunda vez no mês que isso acontece, tanto pior.

Nenhum panfleto de notificação prévia, nenhuma linha nos jornais avisando que ia faltar água, nada? "Saiu no Diário Oficial", foi o que consegui apurar da primeira vez com a atendente do órgão público responsável, e ela não estava brincando. Ligo novamente, para ter certeza de que devo assinar o Diário Oficial do município, mas parece que dessa vez nem ali foi publicado. "Com até quatro horas de interrupção no abastecimento, a lei não obriga a publicação. A previsão inicial era de oito às onze da manhã. Lamentamos que tenha se estendido, a água só volta no final do dia."

A lei não obriga. É de se lamentar, mesmo, que se dediquem ao cumprimento estrito de tal lei a partir de uma previsão, coisa que a realidade costuma desmentir. A atendente concorda comigo, simpática, parece também estranhar o que tem acontecido. Ainda mais simpática, se despede. Pena que não possamos estender o assunto, baby. Já que não tenho como tomar banho, pelo menos poderíamos bater um papinho amigo. Sabe, não posso viver sem a sua água, ficar assim de torneiras vazias. Principalmente quando chego da academia com meus tríceps suados. E os tibiais também. Venha aqui pra casa, vamos tomar uma mineral on the rocks.

Ou então posso fantasiar numa linha mais investigativa. O serviço de abastecimento de água da cidade nunca teve problemas, ao contrário, sempre foi exemplar, então o que é que está havendo? Alguém aí já ouviu falar em privatização? Vou ligar para a rádio e denunciar que está em curso uma campanha de desqualificação do atendimento com o objetivo de dilapidar o patrimônio público. Só pode ser isso. Não tenho como provar, mas isso hoje em dia é detalhe.

Tanta sujeira por aí, não é? E veja só, eu sem água em casa. E a cabeça, não sei se deu pra notar, cheia de endorfina, que academia também tem disso.

Extra Classe, julho de 2005

Chances

Estive em Londres uma vez na vida, por quatro dias, e a experiência foi tão ruim que me despedi da cidade praguejando – que esse lugar se exploda, ou algo assim. Claro que não adianta agora jurar que era brincadeirinha. Quando o M16 vier tirar satisfações, o único que posso alegar, e que passe no detector de mentiras, é que sempre fui fã do James Bond. E mais ainda dos vilões dos filmes, aqueles terroristas malignos com planos mirabolantes para dominar o mundo. Mas isso fica só aqui entre nós, não é boa hora para se fazer o elogio do vilão.

Desde o 11 de setembro, e a cada episódio da nova ordem mundial do terror, renasce um debate exaustivo entre os que acham que nada justifica essa barbárie desastradamente provocada pelo imperialismo americano e os que dizem que nada justifica essa barbárie unicamente perpetrada pelo radicalismo muçulmano. Vê-se que concordam, e isso é promissor, em que não há justificativas, mas nem tanto estão de acordo sobre qual barbárie se está falando, pelo que passam então a discutir barbaramente a injustificável posição do outro.

Mais objetivos e pragmáticos se mostraram os espanhóis, tantas vezes decantados em sua passionalidade. Depois dos atentados de Madri, retiraram suas tropas do Iraque, arriscando uma via de bom senso nessa discussão – se nada se justifica, tratemos, antes de tudo, de não atiçar os bárbaros. Sempre alguém dirá que isso significou uma rendição, tornando o país refém do terrorismo, assim como outros lembrarão que jamais se deveria ter entrado naquela guerra, em primeiro lugar. É pena, mas não se acredita que os ingleses venham a seguir o mesmo caminho, a partir de agora. Os atentados provavelmente apenas reforcem a posição do governo, coincidente com a dos Estados Unidos, e assim se vai postergando para futuro mais do que incerto uma chance de parar, repensar, conversar, pacificar.

De Londres, lembro de estar mal abrigado, de comer mal, dormir mal e me comunicar mal, desconsolado com o sotaque britânico. Último dia, de mau humor no balcão de um pub, assisti em silêncio a um jogo da Eurocopa, já que o velho ao lado só sabia repetir estranha palavra, "vatagáim", parecia ser. Só dias depois me ocorreu que fosse o "what a game" – que jogão! – com o qual ele estava puxando assunto. E me perguntei se um dia teria outra chance, se voltaria a Londres para reencontrar e resgatar uma conversa com aquele velho que, pensando bem, que coisa, era a cara do Roger Moore.

Zero Hora, 11 de julho de 2005

Santa ingenuidade

Ainda falta relacionarem o PT com o tráfico de órgãos para transplante e, claro, encontrarem indícios de que participou do ataque às torres gêmeas, mas o resto já está feito e aparentemente muito bem feito. Como a cada denúncia alguém se demite do partido e declara publicamente que cometeu um erro, mesmo que não se apresentem provas cabais de irregularidade, a impressão que fica é a de que por trás da denúncia existe coisa muito pior e por trás do eufemístico erro uma conta milionária nas Ilhas Cayman. Aliás, onde anda o Maluf? Não creio que esteja festejando o momento, deve-se entender seu silêncio como solidariedade, o profundo sentimento do mestre diante do amadorismo imperdoável de uma nova geração.

E pensar que, há menos de dois meses, a grande preocupação ética com o governo Lula era a de que estivesse traindo seus compromissos históricos ao dar continuidade a um modelo econômico. Santa ingenuidade, Batman, muita coisa mais está tendo continuidade, e se depender do desejo de alguns e do ímpeto das revistas semanais vamos facilmente caminhar para um novo impeachment. Que alegria isso seria para certo tipo de canalha, aquela que goza com a revelação de que outros, tidos como santos, possam ser tão perversos quanto ela. Aquela a quem pouco importa o quanto uma real investigação e punição exemplar de culpados venham representar para o interesse público, melhor seria, aliás, que não se levasse tão a sério a apuração a ponto de ameaçar o seu sigilo bancário. Aquela a quem o que de fato interessa é ver ruir a casa da virtude presumida, é revelar-se por quanto se compra e por quanto se vende cada frangalho de ideal, cada traço da leviana presunção de que um ser humano honesto sobreviva na atividade política.

Por esse vão, no vácuo de uma acefalia moral, é que espreita o retorno de seu reinado, sonhando com mais cinco séculos de achincalhe e desprezo com este que, definitivamente, não é um país sério. Quem sabe consiga, quem sabe não. Quem sabe seja apenas a volta dos que nem foram.

Zero Hora, 25 de julho de 2005

As bruxas de Garanhus

E aí chegamos ao fatídico agosto, mês do suicídio do Getúlio, da renúncia do Jânio, do impeachment do Collor. E com esse tamanho enrosco de mensalão e outras mais acontecendo, saravá, mizifiu, que a coisa agora só não vai pros finalmente se o santo do Lula for muito forte. Dizem que jogando umas quantas edições de Veja, Época e Istoé num caldeirão, e mexendo até levantar fervura, dá num mingau grosso e verde e que de repente surge, na fumaceira, um sapo barbudo com uma mala de dinheiro na mão. Sendo o que dizem, não duvido, que ultimamente basta declarar-se algo ou denunciar alguém para que o dito se inscreva de imediato como fato e verdade universal no noticiário da TV e na opinião pública.

Nunca foi tão fácil caluniar alguém. Escolha aí o nome de um seu desafeto qualquer e distribua o boato de que ele recebeu dinheiro do Marcos Valério. Pronto. Linchamento instantâneo. Desemprego automático, ruína sem escalas, descrédito eterno e retroativo a cinco gerações de ancestralidade. Pode haver inclusive uma boa probabilidade de que o boato se revele verdadeiro, se o acusado for deputado federal ou dirigente do PT e estiver realmente envolvido no escândalo. Mas não chega a fazer grande diferença quando se sabe que a carreira do distinto já estará de toda forma arruinada.

Não estou dizendo, nem de longe, que se deva poupar qualquer um de ser celebridade no noticiário policial se assim fizer por merecer. Esse merecimento é medida que a mídia conhece muito bem, o que não quer dizer que respeite da mesma forma. Qualquer um percebe que os critérios usados para conferir credibilidade e destaque a uma informação têm tido pouco a ver com a ética e o bom senso.

O noticiário dos grandes jornais, das revistas nacionais, das redes de televisão sempre esteve atrelado primordialmente aos interesses de seus donos, nenhuma novidade. Mas nisso também sempre demonstrou grande admiração e respeito pelo poder político – qualquer ímpeto investigativo de uma editoria estaria sujeito a esse limite. A novidade de hoje é que o interesse seja derrubar o governo a todo custo. É uma rara conjunção na vida nacional, o aflorar de denúncias de corrupção política com o desejo sincero da mídia de aprofundar investigações. Tão rara quanto vitoriosa, aliás, como provam alguns agostos passados. O Lula vai precisar mais do que ser honesto e parecer honesto, vai precisar é de todas as bruxas de Garanhuns que puder juntar.

Extra Classe, agosto de 2005

Trocando as placas

Ainda estou moralmente, se não tecnicamente, convalescendo de uma cirurgia feita há um mês, embora trabalhando, fazendo shows e tudo mais desde o segundo dia. Foi uma pequena intervenção para sacar fora um hemangioma encravado no crânio, que me custou então um pedacito de osso substituído por um reboco de cimento-cola, ou por alguma espécie de acrílico para osteoplastias, vá lá. Tudo muito bem feito, e com uma sutura que já quase não se nota. Mas resta também a enervação do local, que me dizem vai se recompor ao longo de seis meses. Até lá sigo franzindo a testa de um lado só, meio Frankenstein, meio Roberto Jefferson.

Imagino que o efeito se potencialize quando, como desde ontem, resolvo mexer na instalação do computador, velha mania de complicar a vida sempre que possível. O motivo é consistente, uma nova placa de som, questão profissional e de certa urgência. Mas não sugira chamar alguém especializado pra fazer o serviço se não quiser briga. Há quinze anos e desde o primeiro XT eu mesmo instalo e desinstalo placas e programas no meu computador e não admito nem confio que alguém faça melhor. Como, a bem da verdade, não entendo lhufas do assunto, sem formação alguma além da vontade e do empirismo cabeça-dura, é inevitável que passe dias suando na frente da tela e em cima de configurações, abrindo e fechando o gabinete, plugando e desplugando cabos, relendo o manual de instruções de trás pra frente e xingando o Bill Gates a torto e a direito até me dar por sorridente e satisfeito que o troço funcione e ainda tenham sobrado duas peças. Demorou e custou o dobro do que um técnico cobraria, mas fui eu que fiz.

É de família que trago essa mania, como muita gente, lá do tempo em que se requeria de pais e filhos varões tais habilidades técnico-científicas, e em que "chamar um homem para arrumar" um eletrodoméstico emperrado era tido como ofensa pessoal, sendo na verdade um artifício da dama para tirar o gajo do sofá e empurrá-lo a trocar uma lâmpada. Era (ainda é) um ritual divertido, vai dizer que não? Nada como empunhar uma chave de fenda e sentir-se um reinventor do aspirador de pó, da cafeteira e da televisão. Agora até me ocorreu que desperdicei a chance, quem sabe, de implantar o chip da placa de som direto na testa pra ver no que dava. Com uma conexão USB atrás da orelha e um drive bem atualizado, sabe-se lá se a idéia não fundava uma nova Microsoft.

Melhor como foi, pensando bem, e até aconselho: se o problema for na sua cabeça, procure um profissional competente, posso lhe indicar um. Não se arrisque, tentando resolver por conta própria, a ficar com as peças erradas sobrando na mão.

Extra Classe, setembro de 2005

Fazer chover

Se existe alguma justiça divina a comandar as forças da natureza, então ela não gosta mesmo de jazz. Mas há outra tese para explicar recentes catástrofes climáticas, como a que se abateu sobre New Orleans, e que aponta para o envolvimento da CIA e do governo Bush em seu insaciável apetite de domínio e espoliação dos recursos do planeta. Não é difícil imaginar que as conseqüências do aquecimento global estejam há muito tempo mapeadas e manipuladas por agências do governo norte-americano de forma que a destruição seja pontual e estratégica. New Orleans, com uma população negra de quase setenta por cento, seria tida como perda aceitável dentro do objetivo de atingir o petróleo do Golfo do México e, com a subseqüente crise de abastecimento, de fomentar a invasão da Venezuela. Qualquer fenômeno climatológico, inclusive, ou atividade vulcânica dos últimos tempos poderia ser explicada a partir dessa tese, sendo evidente que o tsunami no sudeste asiático foi engendrado na agenda do Departamento de Estado. Por enquanto, ainda não se conseguiu encaixar o tornado gaúcho de Muitos Capões dentro dessa história, mas há a declaração de um morador lembrando a passagem do vendaval arrasador pela cidade: "Parecia que eu estava nos Estados Unidos".

De certo, mesmo, tem-se apenas o que narra a Naomi Klein no seu texto "Capitalismo do desastre", que já rodou mundo e se pode encontrar com facilidade na internet. O socorro humanitário tornou-se uma indústria altamente lucrativa e muito pouco humanitária. A ajuda dos países ricos e do Banco Mundial, entre outras instituições, para a reconstrução de áreas e de países atingidos por catástrofes naturais ou pelo desastre da guerra invariavelmente se condiciona à difusão ideológica, à aniquilação de culturas já fragilizadas pela tragédia, à corrupção e a receituários privatistas que premiam grandes empreendimentos turísticos ou corporações de engenharia, ou simplesmente grandes amigos, como no caso da Halliburton e da administração Bush. Para os destinatários originais da ajuda, pouco ou nada sobra. Não chega a ser tão surpreendente, pensando bem, quanto seria descobrir-se que a CIA comanda ventos e tempestades, mas é sem dúvida constrangedor. Pergunte-se que espécie de tsunami imobiliário e revolução cultural deverá sofrer New Orleans nos próximos tempos. Tio Sam pode não saber fazer chover, mas dá um jeito para que, sempre que aconteça, seja na sua horta.

Zero Hora, 5 de setembro de 2005

Milagre com data marcada

Grigori Petrovich Grabovoi tem 42 anos e a aparência de um Roberto Justus de cabelos castanhos. Nasceu em um vilarejo do Cazaquistão e graduou-se em mecânica e matemática na capital Tashkente, durante a década de 80. Desde muito cedo teria demonstrado pendores para o sobrenatural, hoje notórios e multiplicados em clarividências, profecias e curas de pacientes terminais. Ainda estudante, pressagiou com mês de antecedência o acidente nuclear de Chernobyl, mas então não houve quem lhe desse ouvidos.

Seu currículo exibido na internet apóia-se sobretudo em serviços extra-sensoriais prestados à aeronáutica de seu país. São dezenas de documentos, assinados invariavelmente pelas mesmas autoridades, atestando o diagnóstico à distância e a antecipação de problemas em aeronaves cazaques. Em anexo, o testemunho de pares famosos como Uri Geller, gurus indianos variados e sumidades paranormais búlgaras, relatos de casos de sucesso com anônimos nas Filipinas e no Brasil, além de extenso e laudatório release de imprensa sobre Grigori.

Se lhe tardou, um tanto, a merecida fama enfim alcançou nosso personagem nas últimas semanas, em notícia que correu mundo. Intitulando-se a reencarnação de Jesus Cristo, Grabovoi passou a prometer às mães das crianças mortas tragicamente na escola de Beslan, na Rússia, a ressurreição de seus filhos. O milagre tem data marcada para acontecer, 14 de outubro próximo, e um preço em dólares irrisório para tamanha bênção divina. Mas deixa incrédulos e escandalizados a todos pela crueldade que ousa cometer com as combalidas almas dessas mulheres russas e, ainda bem, uma rede de conscientização e proteção parece estar se formando em torno das vítimas do tal embuste.

De toda forma, Grigori Grabovoi parece ter criado uma armadilha para si próprio, marcando data tão definida para uma impossibilidade acontecer. O que fará depois do dia 14, em que nenhuma criança ressuscitará, senão abandonar a profissão? Em um de seus relatos biográficos, o guru explica como demoveu um empresário da fantasia perturbadora de estar sendo perseguido pela máfia Russa. Em outro, reminiscência da infância, conta como recusava o pedido da mãe para que fosse comprar um pedaço de queijo, ao adivinhar que o produto estava em falta no armazém. Duas indicações de sua natureza e do que possa estar engendrando para o futuro, sendo muito, muito mafioso, ou preguiçoso demais.

Zero Hora, 3 de outubro de 2005

Campeões do não

Então somos os campeões do não, em nossa velha e orgulhosa gauchice de resolver assunto à bala. Este o título que nos coube, entre todos os estados, com o resultado do plebiscito do desarmamento. Como algum matusco lembrou durante a campanha, gaúcho não dobra a esquina quando vê o perigo. Querendo dizer, é claro, que puxa o revólver. E acha que com isso está sendo valente. Muito macho. Já no caso do trabuco engasgar, de faltar munição ou de lhe arrancarem a arma com uma pernada, não se sabe onde vai parar tão categórica orientação sexual.

Eu, que gaúcho também sou – embora da estirpe do Peninha Bueno, que declara não exercer o mandato –, encarei a boca da urna em dúvida por conta de um único argumento: o do direito do cidadão brasileiro à estupidez. Todos as outras estultices da campanha do não eu já havia dispensado, mas a idéia de se restringir direitos civis por definição nunca me agradou. Cada um tenha o canhão que melhor lhe aprouver, é o que me parecia certo no caso, resguardados os ritos e limitações que o estatuto do desarmamento já estabeleceu. Então, o que fazer?

Quem decidiu por mim foi o dedo indicador. Frente às teclas, na hora H, apertou o sim sem vacilar. É o que se pode chamar de total determinação inconsciente. O dedo, sem nenhuma ponta de dúvida – ou nenhuma dúvida na ponta –, deixou pra lá os argumentos de um lado e outro e sintonizou o coração, simplesmente. Votei com a minha turma. Votei contra a outra, porque não vou com a cara deles. Só isso.

Depois, revelados os percentuais de votação, descobri que boa parte, se não o grosso mesmo, do que eu chamava de minha turma havia se bandeado para o outro lado. Imagino que o tal argumento da liberdade de escolha tenha sido decisivo para muitos, como quase o foi comigo. Mas outros tantos, creio, endossam as teses do cidadão de bem a se defender do malvado, da iniciativa individual substituindo a inoperância do Estado no combate ao crime.

É algo assustador, porque de fato uma reação ao desastre ou à virtual ausência de uma política de segurança do Estado, mas ao mesmo tempo reproduzindo, replicando, a pobreza de idéias que a norteia: bandido bom é bandido morto e fim de papo. Salve-se quem puder, ou pelo menos quem puder comprar uma arma. Defesa da propriedade privada, cárcere para quem atenta contra ela, e estamos conversados.

São teses que só vão nos trazer mais do mesmo que já temos e lamentamos, mais violência e insegurança. Tão inconscientes e impetuosas quanto o meu voto, quem sabe, mas o meu dedo, ao menos, estava apertando um botão, não um gatilho.

Extra Classe, novembro de 2005

Superdemônios

Vem por aí uma versão tropical de Supernanny, aquele programa de TV que ajuda pais desesperados a lidar com crianças muito malcriadas – ou, dito de outra forma, ensina os pais em geral a bem-educarem seus filhos. Apelo irrecusável, encarnado por simpática, gordinha e vitoriana babá que invade a vida das famílias como uma personal trainer de pedagogia. Não há pai e mãe que não sonhem com uma receita infalível para os aborrecimentos que padecem ao criar seus filhos. Os manuais existentes, tão pouco interativos, não dão conta da variedade de problemas que têm de enfrentar. As receitas da vovó não são confiáveis, já tão fora do seu tempo, e só fariam reproduzir a educação que recebemos – e habitualmente lastimamos. E mais ajuda não encontram, além de uma infinidade de palpites gratuitos. Segure-se que o filho é seu, embora seja a cara do Capeta.

Ou então chame a Supernanny. Jo Frost, a experiente babá protagonista da série, é como uma personagem afinada em todos os seus dotes, combinando uma sugestão de farto aleitamento com tal fleuma disciplinadora que também poderia lembrar papéis masculinos de outrora. Amorosa maternidade contendo um homem por dentro – já temos aí uma babá quase perfeita. E o algo mais que a torna definitivamente super é conhecer todos os truques para fazer a pequena Katty ir pra cama na hora certa e sem rançar, para impedir o diabinho Freddy de amarrar o rabo do gato e de tapear a mamãe e, em suma, para pôr ordem na casa e na família que lhe cair nas mãos.

São sempre situações de alto grau de ebulição, com crianças incontroláveis e pais inconsoláveis, e seria unânime o julgamento de que a estes faltou imprimir sua autoridade. O senso comum de hoje – viúvo dos modelos libertários dos anos 70 – não duvida de que se deva manter uma firme ascendência sobre os filhos, o que não quer dizer que saiba como fazê-lo. E costuma diagnosticar com perfeição o problema dos outros. Para seus próprios demônios reserva, como na piada, a tese de que "o zezinho tem muita personalidade".

O trabalho da superbabá começa aqui, ao conscientizar os pais de que estão sendo tiranizados por seus filhos. E, para o meu gosto, terminaria por aí mesmo. O que se segue está mais para a cartilha do Mandrake e duvido que perdure, aquela aparente felicidade obtida, se o arsenal de truques da Supernanny não dá conta de deitar os pais num divã. Consertar com técnicas aplicadas sobre os pequenos transgressores, com um "canto do castigo", o que é uma evidente falha dos pais em outro plano, em posicionar-se simbolicamente como tal, é como definir com quantos quilos de amor se pode criar um filho de tamanho médio. Sei que falo desse assunto como total aprendiz, pai de primeira viagem. E instigado por várias pessoas esclarecidas que apreciam o programa, o que já fica aqui como uma ressalva. Mas, fosse por mim, ele traria ao final uma tarja de advertência: "Não tente fazer isso em casa".

Zero Hora, 7 de novembro de 2005

Anatomia de um bilhete

Em janeiro de 1970, escrevi um bilhete para meu irmão Luiz Eurico. Ainda que não possa precisar o dia exato, terá sido muito próximo de nossos aniversários, datas contíguas naquele mesmo mês. Estávamos por completar respectivos onze e 22 anos, filhos mais moço e mais velho, entre sete, do primeiro casamento de meu pai. Eu, em questão de poucas semanas, ingressaria no curso ginasial, em nova escola e etapa da vida pré-adolescente. Ele, poucos meses antes, ingressara na clandestinidade.

O ano anterior, de 1969, iniciado sob recente vigência do AI-5 no Brasil, desdobrara perspectivas de dimensão tenebrosa. Até outubro, com o poder transitando de Costa e Silva à junta militar e afinal à posse de Médici, outros doze atos institucionais foram editados, contemplando cassações a rodo, banimentos, pena de morte, a nova Lei de Segurança Nacional. Um esqueleto antijurídico, amparado por relatos de tortura e assassinato, a esclarecer quem não soubesse em que Inquisição estávamos metidos.

Nesse contexto, e no quadro de uma família diretamente envolvida com a militância e a guerrilha, a atmosfera seria obrigatoriamente muito tensa. Luiz Eurico já fora condenado à prisão* e tivera sua foto estampada nos jornais como "perigoso terrorista". O caminho que seguiria a partir dali, e disso estávamos cientes, era o do enfrentamento armado. Mesmo assim, no bilhete que lhe enviei então, há lugar para uma aparente normalidade, como se eu estivesse a atualizar

* Em outubro de 1969, junto com Cláudio Gutierrez, pelo Supremo Tribunal Militar, em processo de "tentativa de reabertura de entidade ilegal", conforme Lei de Segurança Nacional. No caso, referindo-se ao Grêmio Estudantil do Colégio Julio de Castilhos. V. A guerrilha brancaleone, Gutiérrez, Cláudio Antônio Weyne. Proletra, 1999.

ao telefone, e para intercolutor de ocasional ausência, as novidades familiares. Mas aqui e ali também se deixa entrever a ansiedade envolvida, e até uma ingênua marca da dissimulação a que nos víamos compelidos no cotidiano da época.

Quando e como tal bilhete lhe chegaria às mãos é coisa que eu não sabia, informação certamente reservada, mesmo para os adultos da família. Mas tendo sido solicitado a escrevê-lo, algum contato próximo se prenunciava, e essa maiúscula percepção se revela no "ÔBA" inicial do texto, seguido de um lampejo mais preocupado, "Espero que vá tudo bem". Também nas primeiras linhas estão as duas, para mim, mais curiosas observações: a de que tudo corria em "águas claras", com aspas no original, o que talvez remeta à literatura de Monteiro Lobato (e seu "Reino das Águas Claras"), e uma referência ao "guarda da rainha", suvenir que um parente trouxera de Londres e que de alguma forma partilhávamos.

É bastante nítido que eu fora instruído a não citar nomes, por uma questão de segurança, e que segui fielmente esse preceito. Nem por isso me abstive de contar da trupe inteira de irmãos, recorrendo a códigos de identificação. Assim, a expressão "os estudiosos da tia" é usada para referir Rui e Helena, hospedados e estudando de fato na casa de uma tia, em São Paulo. "Vestibular da baixinha" é a senha para minha irmã Elaine, que baixinha e vestibulanda o era mesmo, e "morena de cabelos longos que passou no Júlio" para Eliane, que realmente os usava compridos e ingressava no colégio Júlio de Castilhos. "Quica", codinome e apelido de fato da mais nova, Noeli. "Garotão", assim me apresento, e "viatura de pulgas", para a cadela de estimação, formas com que o próprio Luiz Eurico nos tratava.

Se algum araponga porventura precisasse confrontar indícios de onde houvera partido aquele bilhete, teria um prato cheio. Se, por outro lado, tivesse dúvidas de que a espo-

ÓBA
Espero que tudo vá bem.
Aqui, pelo menos para mim,
tudo em "águas claras".
Os estudiosos da tia chegam
depois do vestibular.
Como vai a ZENHOZE*?
O guarda da rainha está
dentro do seu tubo de
plástico no meu guarda-roupa,
sempre que vou lá me
recordo de ti. A mãe
corre de lá pra cá.
Sabes como é, vestibular
da baixinha, matrícula
da "morena de cabelos
longos" que passou no
Júlio e etc...

A Quica é a única de
folga (fora eu, é claro).
Quando ela não ouve
a eletrola, é o garotão
aqui que vai pôr o
disco do Inter, campeão
de 1969. Não achas
que está tudo pegando
fogo? E por falar "nisso",
"os primos" já deram
uma de herói.
A "viatura de pulgas"
continua a ser indesejada por
todos.
Como é que vocês vão?
A minha cunhada
continua gorda, bonita
e saltitante?

Ainda gostas de batida?
Aí vai uma musi-
quinha pra ti.
"Esta cova em que estás
No São João Batista
Ainda é bem melhor
Do que foi prevista"
"É uma cova grande
Pra teu porco defunto
Tem lugar pra outro
Que devia ir junto"
Já passou o próspero ano
novo.
Tchau
O garotão
P.S. – Tenho saudades.

* Tá certo?

sa Suzana estava ao lado do Luiz Eurico na clandestinidade, bom, eu não as tinha: "Como vai a Zenhoze?", pergunto, checando a grafia do apelido íntimo do casal em nota de rodapé, "Tá certo?". Mais adiante retomo de forma explícita, e num apelo leite-com-banana: "Como é que vocês vão? A minha cunhada continua gorda, bonita e saltitante? Ainda gostas de batida?"

Também refiro a prisão de meus primos Carlos Alberto e César Augusto Tejera de Ré, em dezembro de 1969, a observar que "já deram uma de herói", quem sabe desejando que o mano refreasse seus próprios impulsos de Durango Kid. Nesse trecho, o mais sério comentário sobre o momento político, "Não achas que está tudo pegando fogo?", e uma frase rasurada com o vigor do mesmo incêndio até o indecifrável. O que diria? Que palavras seriam essas que me encarreguei eu mesmo de silenciar?

Creio que somos, todos os que viveram aquelas circunstâncias, em qualquer idade e posição, reféns de uma culpa presumida, e portanto da indispensável e permanente reconstrução de uma inocência. Por isso tanto nos emocionam histórias como a do ótimo filme de Cao Hamburguer, *O ano em que meus pais saíram de férias*, ou dos análogos argentino e chileno, *Kamchatka* e *Machuca*, em que é através dos olhos de uma criança, e de pressuposta pureza, que elaboramos uma reconciliação com aquele difícil passado. No caso de *O ano em que...*, posso tecer tantos paralelos com o personagem central (incluindo um eloqüente Bom Fim/Bom Retiro) que praticamente sinto como se tivessem contado a minha história – com um guri bonitinho no papel, vá lá. Com tal sentimento proprietário saí do cinema que me vi a corrigir detalhes do roteiro, lembrando dos acontecimentos de 1970 e de meu irmão/pai, clandestino/exilado e afinal desaparecido para sempre de casa/da copa/do mundo.

E lembrei desse bilhete. Ele chegaria ao seu destinatário, e eu na verdade ainda encontraria algumas poucas e furtivas vezes com o Ico até meados de 1972*. Mas, do que ali se percebe, o futuro já era incerto demais para que se comentasse sobre nossos aniversários, almejasse a presença, indagasse de retornos. A Copa do Mundo, de meses adiante, tampouco é mencionada. Escrito com tinta esferográfica vermelha, o texto explicita a paixão futebolística pelo Internacional. Mas a escolha da cor, aqui, bem pode ter sido ideológica, provocação de um correspondente púbere-marxista.

Quase ao final, transcrevo uma adulteração do poema "Morte e vida Severina", de João Cabral, musicado por Chico Buarque, feita para comentar a morte e o enterro de Costa e Silva no Cemitério São João Batista, no Rio de Janeiro – e para aventar a possibilidade de que o Médici lhe fizesse companhia. Não seria eu o autor, me foi transmitido pelos mais velhos, com certeza. Mas ilustra bem a inocência que falta à realidade para que ela pudesse ser definitivamente comovente, como nos filmes. Eu tinha apenas dez anos, nos primeiros dias daquele velho 1970, como sugere, sem revelar a data, a despedida "Já passou o próspero ano-novo". E já era esperto o bastante para relegar ao postscriptum o mais terno, e o mais importante de tudo: "Tenho saudades".

Caderno Cultura, *Zero Hora*, novembro de 2006

---

* Depois de sete anos desaparecido, Luiz Eurico foi localizado, em 1979, no Cemitério de Perus, em São Paulo, em diligência da esposa Suzana, enterrado sob o codinome de Nelson Bueno e com correspondente inquérito policial datando sua morte em 3 de setembro de 1972.

Seja este livro dedicado aos que aqui chegarem, ao final de sua leitura. E sobretudo aos editores de Extra Classe e Zero Hora que muito me encorajaram, tolerando equívocos, atrasos e ainda por cima publicando tudo o que escrevi – sem receber jabá!

N. L.